De suikeroogst van La Amada

Cristina García

De suikeroogst
van La Amada

Vertaald door Lidwien Biekmann

ARENA

Oorspronkelijke titel: *Monkey Hunting*
© Oorspronkelijke uitgave: 2003 by Cristina García
© Nederlandse uitgave: Arena Amsterdam, 2003
© Vertaling uit het Engels: Lidwien Biekmann
Omslagontwerp: Mariska Cock, Amsterdam
Foto voorzijde omslag: Fotostock
Foto achterzijde omslag: Jerry Bauer
Typografie en zetwerk: Studio Cursief, Amsterdam
ISBN 90 6974 287 x
NUR 302

Voor José Garriga

Ik, koning aap, kan met deze vurige ogen
en diamanten pupillen goed en kwaad
van elkaar onderscheiden.

WU CH'ÊNG-ÊN
De reis naar het Westen

STAMBOOM

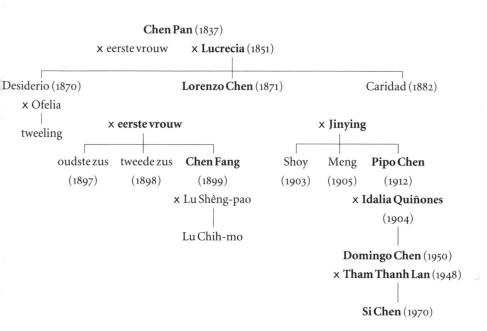

Chen Pan (1837)
× eerste vrouw   × **Lucrecia** (1851)

Desiderio (1870)   **Lorenzo Chen** (1871)   Caridad (1882)
× Ofelia
tweeling

× eerste vrouw   × **Jinying**

oudste zus   tweede zus   **Chen Fang**   Shoy   Meng   **Pipo Chen**
(1897)   (1898)   (1899)   (1903)   (1905)   (1912)
× Lu Shêng-pao   × **Idalia Quiñones**
(1904)
Lu Chih-mo

Domingo Chen (1950)
× **Tham Thanh Lan** (1948)

Si Chen (1970)

OORSPRONG

Proloog

Verleidingen waren er te over in Amoy. In het circus keek Chen Pan naar de trapezeacrobate, die als een karmijnrode streep van de ene kant van de doorbuigende tent naar de andere zweefde. Hij volgde haar zwaaibewegingen, de lijn van haar dunne wenkbrauwen, haar precieze stapjes over het fragiel lijkende slappe koord. Ze had een glinsterend strak pakje aan met kniehoge leren laarsjes. Haar benen waren zo recht als bamboe. Ze was mooi, deze Vuurzwaan, kalm en hooghartig, en het langst van alle vrouwen die Chen Pan ooit had gezien.

Nog maar een week geleden had hij zijn dorp aan de rivier de J. verlaten om werk te gaan zoeken in de stad. De winterse buien hadden zijn tarwevelden onder water gezet, waardoor de plantjes, die toch al overwoekerd waren met gras, waren gaan rotten. Bandieten zwierven door het land, stichtten brand en stalen paarden. Wat leek dat nu allemaal ver weg.

Buiten de circustent liepen de heuvels van Amoy glooiend af naar de kust. Buitenlandse matrozen trokken in uniform door de haven. Sjofele mannen sjouwden kisten en jutezakken aan boord van de Britse schepen. Vlak bij de haven was een kroeg met geschilderde lentetaferelen op de muren, waar warme wijn werd geschonken uit bleekgroene kruiken. De kroegbaas lokte Chen Pan mee naar een achterkamertje met zijden kussens tegen de muren. De vorige avond had hij gedobbeld met een schipper en veel geld gewonnen, dat hij nog steeds bij zich had.

Een muzikant speelde op een ouderwetse ch'in en zong een treurig lied over een vergeten geliefde. Danseresjes met scharlakenrode rokjes wenkten hem als een veld vol pioenrozen. Aan zijn tafeltje werden schalen met erwten en anijszaad gebracht en een flinke hoeveelheid wijn. De kroegbaas bood Chen Pan een bewerkte opiumpijp aan. Hij nam een trekje, daarna nog een. Al snel was hij door de zoete, hete rook met zijn hoofd in de wolken. En in de heerlijke mistige uren daarna verdween zijn gokopbrengst terwijl hij in de armen lag van een weelderig danseresje.

De middag daarna nodigde een man met afhangende schouders en een hangsnor Chen Pan uit voor de thee. Wat had hij nog te verliezen? De thee was warm en heerlijk zoet. Hij kreeg er snoep bij en tofutaartjes. De man droeg een westers pak en aan zijn linkervinger had hij een ring met diamantjes. Zijn leeftijd was onmogelijk te raden. Chen Pan wilde alles geloven wat hij zei. Dat het drinkwater in Cuba zo rijk was aan mineralen dat de mensen er twee keer zo sterk waren als normaal (en dagenlang op konden blijven). Dat de Cubaanse vrouwen gewillig waren en veel mooier dan de concubines van de keizer. Dat daar de vissen uit de rivier zelf de koekenpan in sprongen. Plotseling leek de wereld veel groter en raadselachtiger dan Chen Pan had gedacht.

'Spuug dat boerenzand toch uit!' drong de man met het westerse pak aan. 'Je moet je kans grijpen nu je nog jong bent! Of wacht je soms tot de perziken uit de hemel vallen?' Hij bood acht Mexicaanse munten als aanbetaling en beloofde hem vier peso per maand gedurende acht jaar. 'En onthoud,' zei hij, met een snel schouderophalen, 'dat een jaar in het buitenland twee keer zo snel voorbijgaat als een jaar in China!'

Maar als het omgekeerde nu eens waar was, vroeg Chen Pan zich bezorgd af. Zijn vader had hem eens verteld dat een Chinese mijl maar een derde was van een Engelse. Als dat ook voor de tijd gold, zou hij dus vierentwintig jaar wegblijven.

Chen Pan probeerde zich Cuba voor te stellen; een eiland – had de man in het westerse pak gezegd – dat veel groter was dan Amoy. Als alles goed ging, mijmerde Chen Pan, kon hij als rijk man naar huis terugkeren, misschien zelfs wel veel sterker, als dat van dat water tenminste niet gelogen was. Dan kon hij een prachtig huis bij de rivier bouwen, op palen en heel groot, mooier dan alle andere huizen die ooit in zijn dorp hadden gestaan. Hij zou nog twee of drie vrouwen kopen, bevallig en zo vruchtbaar als kippen, en dan kon hij zijn eigen dynastie stichten. Aan het eind van zijn leven zouden er vier generaties Chen onder één dak wonen.

Dan zou hij ook heel wat verhalen te vertellen hebben, genoeg om vele avonden te vullen. Was zijn arme vader er nog maar om die te horen!

Het was winter en gemeen koud. De zon had zijn werk tegen de middag al gestaakt. In Cuba, zo werd Chen Pan verzekerd, was de lucht het hele jaar door zo lauw als een zomers bad. Geen sneeuw of bijtende wind meer. Chen Pan hakte de knoop door. Deze keer, dacht hij, was het lot hem welgezind. Hij tekende het contract, dat met een zwierig gebaar voor hem op het kleine tafeltje werd uitgerold. Toen nam Chen Pan zijn eerste munt aan, die nog warm was van de hand van de man in het westerse pak. Hij zou voorbij het einde van de wereld gaan, naar Cuba.

Naar het paradijs

Er waren meer mannen als Chen Pan aan boord, niet heel jong maar ook niet heel oud. Ze kwamen van boerderijen, zo te zien. Geen slappelingen. Cuba had sterke arbeidskrachten nodig, had de man in het westerse pak hem verteld. Chen Pan was langer dan de meeste rekruten en hij had gespierde armen. Hij had zijn haar in een dikke staart gevlochten, maar hoewel hij al twintig was, hoefde hij zich nauwelijks te scheren.

Er kwamen een paar gezinnen om de mannen uit te zwaaien. De vrouwen gaven hun man plakkerige rijstballetjes en pakjes met zaden voor onderweg. Er werd niet gehuild. Zelfs de kleinste kinderen stonden met droge ogen op de kade. De meeste mannen gingen, net als Chen Pan, alleen en met lege handen aan boord.

Die avond op zee zag hij de kust van China langzaam achter zich verdwijnen. De maan kwam op met een kring eromheen, maar dat gelukkige voorteken kon aan de situatie aan boord niets veranderen. Het schip was uitgerust als een gevangenis, met hekken en tralies. De rekruten moesten onderdeks blijven, als dieren in een kooi. Zelfs de

17

kortsten konden daar niet rechtop staan. Al snel kreeg Chen Pan pijnlijke steken in zijn nek van het voorovergebogen staan.

De Britse kapitein en zijn bemanning spraken nauwelijks Chinees. De kapitein gaf bevelen met een uitdrukkingsloos gezicht en een zwaai met zijn meisjesachtige handen. Zijn bemanningsleden waren veel onredelijker. Ze bedreigden de rekruten met musketten, kapmessen en stukken bamboe, en de mannen die zich niet lieten temmen werden in de boeien geslagen. Ze sloegen Chen Pan met een stuk touw toen hij om een extra deken vroeg.

De mannen die voedsel of tabak mee aan boord hadden genomen, begonnen daarmee te handelen. Twee gekookte kippenpoten voor een paar jute sandalen of een fluit. Een handjevol pompoenpitten voor wat knollen of een hardgekookt ei. Een portie opium voor één dag in ruil voor een paar wollen handschoenen. In elke kooi werd hevig gegokt. De hele dag door klonk het zachte getik van de dobbelstenen. Een man uit W. won meestal en kraaide: 'Als je in je vorige leven te stom was, ben je nu ook niet erg slim!'

Na wat hem in Amoy was overkomen, wilde Chen Pan niet meer gokken. Hij bewaarde zijn Mexicaanse munten zorgvuldig en verstopte ze tussen zijn magere billen.

De mannen kregen reepjes gedroogd vlees en rijstepap te eten. Chen Pan at wel, maar hij werd misselijk van de smaak van het voedsel. Het was veel te zout en door het gebrek aan drinkwater werd hij gek van de dorst. Naarmate de tijd verstreek, dacht hij steeds meer aan zijn uitgedroogde mond en steeds minder aan het leven dat hem in Cuba wachtte. Mannen die om meer water vroegen, kregen als antwoord slaag. Chen Pan zag dat sommige mannen hun eigen urine dronken of het vocht van de wanden van het schip likten. Er waren er een paar die zeewater dronken, tot hun buik opzwol en ze stikten in hun eigen vuil.

Een meloenkweker uit T. zei dat hij overboord zou springen om een eind te maken aan deze kwelling. Chen Pan sloop met twee anderen aan dek om hem te zien springen. De meloenkweker schreeuwde of aarzelde niet, maar stapte gewoon de zeebries in. Twee tellen later namen de rollende golven hem onverschillig in zich op. De meloenkweker had geen ouders meer en was vrijgezel. Niemands lot zou hierdoor veranderen, behalve het zijne.

Het schip ploegde door de harde wind verder naar het zuiden. Chen Pan bedekte zijn oren. Hij stelde zichzelf vier vragen: Wat was het laatste geluid dat de meloenkweker had gehoord? De laatste kleur die hij had gezien voor hij stierf? Hoe lang zou het duren voordat de vissen hem hadden verslonden? Was zijn lotsbestemming met zijn dood bereikt? 'Toon mij de man die niet zal sterven,' zei de kleine man naast Chen Pan schouderophalend.

Dat zei Chen Pans vader ook vaak, dat alleen de dood onpartijdig was. Alle grote mannen, alle schoonheden met ijsvogelveertjes in hun haar, geen van hen hield rekening met de ouderdom. Maar ook zij zouden ooit tot stof wederkeren. Als het waar was dat de mens twee zielen heeft, een lichamelijke en een hemelse, dan gaan ze na de dood weer op in de aarde en de lucht.

Chen Pan wist dat hij niet langzaam weg wilde kwijnen

als een kaars die gestaag opbrandt, hij wilde niet dat de ene dag precies hetzelfde zou zijn als de andere, dat in zijn handen niet alleen zijn lot zou zijn af te lezen maar ook de sporen van de aarde zouden staan. Nee, liever wilde hij een groots en meeslepend leven, net als Li Kuang, de meedogenloze strijder die tegen de Hunnen had gevochten, of als de helden in de verhalen die zijn vader hem had verteld.

Chen Pans vader was net zo rusteloos geweest als die helden en hij had zich nooit kunnen neerleggen bij het leven op de boerderij. Hij declameerde de Verhalen van Wu terwijl hij afwezig de tarwevelden aan het wieden was, hij raakte verslingerd aan de poëzie van de verlaten concubines van de Han-dynastie. Hij noemde de zon de Lantaarndraak, de Vliegende Kraai of de Witte Hengst. De maan was de Zilveren Schaal of de Gouden Ring.

Vader had twintig jaar lang keizerlijke examens afgelegd, maar zonder resultaat. Hij was een goede dichter, maar hij kon geen gedichten schrijven over vastgestelde onderwerpen, wat door de examinatoren wel werd verlangd. Zelf weet hij dat aan de absorptie van nutteloze kennis die zijn fantasie overbelastte. Voordat hij zijn penseel pakte om te gaan schrijven, wreef hij een uur lang peinzend zijn inktstaaf over de wetsteen terwijl Chen Pan zat toe te kijken.

De moeder van Chen Pan stak de draak met haar man terwijl ze op haar lotusvoeten van de ene kamer naar de andere schuifelde. 'Ha! Iedereen noemt hem een geleerde, maar werk heeft hij niet! 's Winters draagt hij tot op de draad versleten kleren! Zo zie je hoe de boeken ons bedriegen!' Chen Pans moeder kwam uit een familie van welge-

stelde boeren en ze was verre van mooi. Ze kende nauwelijks gedichten maar ze herhaalde steeds weer hetzelfde
citaat om haar niet bepaald welgestelde man te kwellen:
*Dichters komen meestal om van de honger terwijl ze een lege
berg omhelzen!*

Na tien dagen benauwde, stinkende ellende brak er onderdeks een gevecht uit. Een stedeling genaamd Yang Yün, die
zo koppig was als een ezel, had een zwijgzame boer van zijn
kooi geduwd. 'Hoerenjong!' had de boer geschreeuwd en
hij had Yang Yün een stomp tegen zijn borst gegeven. De
stedeling had een mes getrokken en begon ermee door de
lucht te maaien. De boer pakte hem het mes zonder veel
moeite af en sloeg Yang Yün vervolgens een gebroken neus.

Chen Pan bekeek het gevecht vanachter zijn beduimelde
bundel gedichten, het laatste wat hij van zijn vader had gekregen. Hij nam zich voor Yang Yün of een van die andere
stadse haantjes in één klap buiten westen te slaan als ze
hem ook maar het kleinste duwtje zouden geven.

De bewakers ketenden de relschoppers vast aan ijzeren
palen. De mannen die het gevecht hadden aangemoedigd,
werden ter afschrikking voor de anderen heel erg geslagen.
Toen de koppige Lin Chin zich hiertegen verzette, schop-
ten de bewakers hem tegen zijn ribben tot hij bloed begon
te spugen. De volgende dag stierf hij en werd zijn lichaam
overboord gegooid. Er werd gefluisterd dat Lin Chin niet
meteen zonk, maar dat hij uren naast het schip bleef drij-
ven, met zijn ogen strak omhoog gericht. Chen Pan vroeg
zich af of de geest van de dode man de weg terug zou kun-

nen vinden naar China. Of zou hij voor altijd te midden van de ondeugdzamen en de verdorvenen moeten ronddolen?

Terwijl het schip verder voer, stelde Chen Pan zich zijn vrouw voor, die op hun erf de magere tarweoogst aan het fijnstampen was en bezorgd naar de lucht keek of het zou gaan regenen. Ze waren drie jaar getrouwd, maar ze hadden geen kinderen. Ze hadden geen geluk, ondanks de voorspellingen van de koppelaarster. In de huwelijksnacht hadden Chen Pan en zijn vrouw granaatappelwijn gedronken en had zij met haar zachte, schrale borsten langs zijn borst gestreken. Toch had haar baarmoeder maand na maand haar bloed uitgestoten.

Chen Pans moeder verweet zijn vrouw dat zij de familie ruïneerde met haar aanhoudende onvruchtbaarheid. Moeder bestierde de boerderij vanuit haar bed; ze was zwak en bleek, ze hield haar knieën opgetrokken tot haar borst en haar lotusvoetjes waren krom en onbruikbaar door het pijnlijke inbinden van zo lang geleden. In haar kast bewaarde ze drie paar minuscule, prachtig versierde schoentjes: alles wat nog restte van de ooit zo rijke bruidsschat van zijde en brokaat.

Ze ging ook tekeer tegen de jongere broer van Chen Pan, omdat die altijd zat te schrijven. 'Zelfs vanuit zijn graf vervloekt je vader je, met je waardeloze nietsdoenerij!' In de winter werd het bij hen thuis zo koud dat zelfs de kleine inktvoorraad bevroor.

Aan boord braken er allerlei ziektes uit: cholera, tyfus, dysenterie. Ongeluk had zich, concludeerde Chen Pan, tot in elke spleet van het schip vastgezet. De eerste maand kwamen er negen mannen om, nog afgezien van degenen die werden gedood bij onderlinge gevechten of die door de bemanning werden doodgeslagen. Er zouden nog veel meer doden zijn gevallen als Chien Shih-kuang er niet was geweest, een tovenaar met kruiden en wortels. Van de inhoud van zijn vilten tovertas brouwde deze verzuurde kruidendokter uit Z. drankjes om het evenwicht te herstellen, de lever te kalmeren, verkilde organen te verwarmen en de *ch'i* van het gestel te verbeteren.

De kapitein had Chien Shih-kuang in ruil voor zijn diensten aan boord een terugtocht naar Amoy aangeboden. De kruidendokter had daarmee ingestemd omdat hij had gehoord dat men in Cuba wist hoe je de zon ervan kon weerhouden zich 's winters terug te trekken. En hij wilde dat geheim ook leren kennen.

Op een nacht droomde Chen Pan dat bandieten de boerderij van zijn oudtante in brand hadden gestoken en dat hij in zijn eentje het vuur probeerde te bedwingen. Hij werd ijlend wakker, met een warme, jeukende huid. Chien Shih-kuang plakte met een paar druppels bijtende vloeistof een vijfvingerig blad op het voorhoofd van Chen Pan. Toen de koorts was gezakt, wilde Chen Pan de kruidendokter betalen met een van zijn kostbare Mexicaanse munten, maar dat wilde Chien Shih-kuang niet. (Jaren later hoorde Chen Pan dat de kruidendokter was getrouwd met een Spaanse erfgename in Avila en dat hij de armen gratis genas.)

Maar zelfs Chien Shih-kuang kon de arme zelfmoordenaars niet tegenhouden. Chen Pan telde er in totaal vijf. Na de meloenkweker sprong er nog een man in zee. Een ander vergiftigde zichzelf met gestolen opium. Een jongen, niet ouder dan vijftien, huilde dag en nacht. Hij vertrouwde Chen Pan toe dat hij zo'n verdriet had omdat hij zich aan boord had laten lokken. 'Ik ben het enige kind van mijn ouders!' riep hij voordat hij een puntig eetstokje in zijn oor stootte. En zo maakte hij een eind aan zijn spijt.

Een inwoner van K. hing zichzelf op aan in repen gescheurde kleren, helemaal onder in het scheepsruim. (De bewakers hadden hem finaal in elkaar geslagen omdat hij regenwater had afgetapt uit hun privé-vaten.) Chen Pan vond het zwaaien van zijn lichaam klinken alsof er langzaam een stuk zijde werd verscheurd. Hij vroeg zich af waarom die man zo'n ingesloten, benauwde plek had gekozen om te sterven terwijl buiten een stevige frisse wind waaide en de weidse zee lonkte. En ook verwonderde hij zich erover dat de mens uiteindelijk toch meestal wilde blijven leven. Hij wist zeker dat hij het zelf zou overleven, tenzij iemand hem zou vermoorden.

De avond dat de gebroeders Wong stierven, woedde er een verschrikkelijke storm op zee. Het schip kraakte en gromde als een zieke man. De wind rukte een mast weg en smeet de twee bemanningsleden overboord. Iedereen vreesde dat de geesten van de broers het schip hadden vervloekt, dat zij het waren die de donder en de bliksem veroorzaakten, de rukwinden uit acht verschillende richtingen en de golven die zo hoog waren als boeddhistische tempels. Maar de volgende ochtend was de zee weer kalm. Tegen de middag zagen ze een paar walvissen bij Kaap de Goede Hoop. Chen Pan klom aan dek om naar de springende dieren te kijken. 'Misschien kunnen we ze vangen, dan hebben we verse vis,' zei Wu Yao met het luie oog. Chen Pan keek hem stomverbaasd aan. Het was wel duidelijk dat die stadsjongen zelfs nog nooit een karper uit een vijver had gehaald.

Elke dag op zee nam het geroddel toe. Een failliete kleermaker was de grootste bron ervan en lardeerde zijn verhalen met oude gezegden. *Gekooide vogels missen hun bos. Vissen in kweekvijvers verlangen naar diep water.* Chen Pan luisterde altijd aandachtig naar de kleermaker, maar hij vertelde zijn tijdingen nooit verder: dat het schip naar de Filipijnen voer, dat daar iedereen aan boord zou worden gedood, dat hun hart uit hun borstkas zou worden gerukt, dat ze zouden worden verkocht aan kannibalen die gek waren op geel vlees.

Er werd gesproken over muiterij. Zouden ze de kapitein en zijn bemanning een kopje kleiner maken? Het schip in brand steken? Terugvaren naar China? Chen Pan wist dat er mannen aan boord waren die hun hand niet omdraaiden voor een moord: ervaren strijders vol littekens die gevochten hadden tegen de Britse barbaren en die uit hun gevangeniscellen waren gehaald en aan boord waren gebracht. Maar dat waren niet de mannen die het hardst schreeuwden.

Chen Pan kreeg steeds meer spijt. Had hij zichzelf bedrogen met zijn grootse dromen? Maar hij kon toch niet armer naar huis gaan dan hij was vertrokken? (Hij hoorde nu al de verwijten die zijn moeder hem zou maken.) Hij probeerde te denken aan zijn glorieuze terugkeer naar China over een paar jaar. Hij zou triomfantelijk in zijn draagstoel zitten, gevolgd door een optocht van mannen die honderd kisten vol kostbare geschenken op hun schouders droegen. Genoeg zijde voor drie generaties, nieuw tuig voor de paarden in het dorp en talloze potten schildpadeieren, ingemaakt in buitenlandse wijnen. De dorpelingen zouden zich om hem heen verdringen en hem het respect betuigen dat zijn vader pas na zijn dood had gekregen.

Omdat de dagen zo lang waren en de mannen opgesloten zaten, vermaakten ze elkaar met verhalen over de langste mannen die ooit hadden geleefd. Chung Lu-yüan, die erg van lantaarnraadsels hield, vertelde over een man die, als hij zat, zo groot was als een berg en met zijn kont een rivier kon indammen. Hsieh Shuang-chi, een stuwadoor die door zijn hebzuchtige zwager aan boord was gelokt, vertelde over een reus die bij zijn ontbijt duizend liter hemelse dauw dronk.

Chen Pan vertelde de grappen die hij van zijn geliefde oudtante had gehoord. Zijn favoriete grap ging over een slechte krijgsheer die zijn penis had laten verlengen met de slurf van een babyolifant. Alles ging prima, vertelde Chen Pan, tot de dag waarop hij op straat een pindaverkoper tegenkwam.

Er was ook een dwerg aan boord die heel goed het geluid

van een kassieharp kon nadoen. Hij heette Yang Shi-fêng en hij zong over zijn land, waar de grootste mannen nog geen meter lang werden. Vroeger, vertelde hij, werden zijn landgenoten als nar of slaaf naar het keizerlijke hof gestuurd. Toen kwam Yang Cheng aan de macht in het land der dwergen en hij overtuigde de keizer ervan dat deze wrede praktijk moest worden gestaakt. Tot op de dag van vandaag worden alle jongens die in T. worden geboren met een van hun voornamen naar Yang genoemd.

Anderen vertelden over de schaamteloze koning aap. Koning aap moest de hemelse perziken van de goden bewaken, maar in plaats daarvan deed hij zich er te goed aan. De afgezanten van de keizer konden de onbevreesde mensaap niet te pakken krijgen. Uiteindelijk sprak Boeddha zelf een krachtige bezwering uit waardoor de aap vijfhonderd jaar lang onder een berg zat opgesloten.

In een kooi dicht bij de zijne lag een varkensfokker uit N. die Chen Pan erg aan zijn vader deed denken. Zijn haar zat altijd slordig en verwaaid, ook al was er geen zuchtje wind. De varkensfokker deelde het laatste restje van de door zijn vrouw ingemaakte kool met Chen Pan. Van de smaak kregen ze beiden enorme heimwee. Chen Pan dacht aan de lange zomermiddagen waarop zijn vader hem gedichten had voorgelezen en ze hun ploeg onaangeroerd in de schuur lieten staan. Al snel begonnen dan de krekels te zingen, de voorbode van de herfst.

Die heerlijke tijden en geurige jaren vallen
eenzaam weg – wat een leegte delen wij

Toen Chen Pan dertien jaar was, werd zijn vader door bandieten vermoord omdat hij had geprotesteerd tegen de verkrachting van de dochter van de waterdrager. Ze was nog maar tien jaar, mooi en dom, en ze had de bandieten bereidwillig de graanzolder van de buren laten zien. De legende over zijn vader werd groter en groter, en de dorpelingen spraken veel over zijn heldendaad, maar zijn moeder verzette zich tegen hun loftuitingen. 'Wat voor vader laat zijn kinderen achter met alleen een goede naam en geen brood op de plank?' Ze probeerde haar zonen deze les bij te brengen: 'Wend je ogen af van de narigheid van anderen en zorg dat je eigen bord vol is!'

Na drie maanden op zee werden Chen Pans armen en benen zo zacht en wit als het vlees van de rijke vrouwen van wie hij in Amoy weleens een glimp had opgevangen. Hij fantaseerde vaak over die vrouwen, inhaleerde de geur van hun haarlak en waagde het dan stilaan om hen in zijn fantasie te beminnen. Hij herinnerde zich de verhalen over de vrouwen aan het oude keizerlijke hof, die werden beschermd door eunuchen in paarse gewaden. Verleidelijke vrouwen gekleed in bont en behangen met jade, met dunne zijden mouwen als bloeiende orchideeën. Verfijnde vrouwen die alleen kamelenbouillon dronken en kleine hapjes namen van zeldzame wintervruchten om hun mooie teint te behouden. Vrouwen die het beste op afstand bewonderd konden worden, net als de mist in de bergen.
Soms spraken de mannen smachtend over de bermbloe-

men die in Cuba op hen wachtten; gemakkelijke, lichtbruine hoeren die hun benen voor hun eigen plezier spreidden en er niets voor terug verlangden. Chen Pan kon zich niets herinneren van die ene nacht met het danseresje in Amoy, ook al had die hem zoveel gekost. Er waren alleen de herinneringen aan zijn bedroefde vrouw.

Het schip volgde de groene kustlijn van Afrika voordat het naar het westen afboog over de Atlantische Oceaan. Bij Sint-Helena legden ze aan voor vers drinkwater en daarna voeren ze door naar Ascension, Cayenne, de kust van Barbados en Trinidad. Chen Pan hoorde de bemanning de havenplaatsen noemen, maar hoe langer hij aan boord was, hoe verder weg Cuba nog leek. Zouden zijn acht jaren dienst soms al voorbij zijn gegaan?

Toen het schip eindelijk aankwam in Regla, in de baai tegenover Havana, ging Chen Pan naar het bovendek om een beter uitzicht te hebben. Het was een warme, zonnige ochtend en de stad leek vanuit de verte een exotische zeeschelp in zachtroze en wit. De palmbladeren bewogen in de frisse bries. Het water was zó blauw dat het pijn deed aan zijn ogen.

Toen Chen Pan op de kade kwam, glipten zijn benen onder hem weg. De anderen vielen ook om. Ze leken wel een stelletje zeekrabben die uit een omgevallen krat waren gekropen.

De mannen moesten hun smerige vodden uittrekken en kregen schone kleren, zodat ze presentabel waren voor de Cubanen. Maar het was wel duidelijk hoe ellendig ze eraan toe waren: ze waren broodmager en hun huid zat vol zweren. Ze zouden zelfs van een streng dieet met vingerhoedskruid nog niet zijn opgeknapt.

De rekruten werden ingedeeld in groepen van zestig man – houtslepers, kappers, schoenmakers, boeren en vissers – en daarna werden ze in kleinere groepjes verdeeld over de wachtende landeigenaren.

Vijf Cubanen te paard, gewapend met lange zwepen, dreven de mannen als een kudde vee naar de *barracón* om te worden verkocht. Chen Pan werd gedwongen om zich uit te kleden zodat zijn lichaamskracht gekeurd kon worden, net als op de paarden- en ossenmarkten op het platteland van China. Hij werd knalrood van schaamte maar hij klaagde niet. Hier kon hij niet meer vertrouwen op bekende gewoonten en gebruiken. Wie was hij nu nog, zonder zijn land?

Honderdvijftig peso was het gemiddelde tarief voor een gezonde *chino*. Een Spaanse landeigenaar betaalde tweehonderd voor hem, waarschijnlijk omdat hij zo groot was. Zijn vader had hem geleerd dat als je de naam van een duivel kende, hij je geen kwaad meer kon doen. Chen Pan ving de naam op van de man die hem had gekocht. *Don Urbano Bruzón de Peñalves*. Hoe moest hij dat onthouden?

Verschillende landeigenaren probeerden de vlechten van de Chinezen af te snijden. Degenen die protesteerden, werden geslagen. Chen Pan was opgelucht dat de man voor wie hij ging werken daar niet op aandrong.

Er was nu geen enkele twijfel meer over wat hij in Cuba ging doen. Hij was hier om suikerriet te snijden. Dat gold voor hen allemaal. *Chinos. Asiáticos. Culís.* Later zou er nog meer werk zijn, aan de spoorweg of in de kopermijnen van El Cobre, zevenhonderd kilometer verderop. Maar wat de Cubanen nu het hardst nodig hadden, waren sterke spieren voor hun suikerplantages.

Verdwijnende rook

Chen Pan was op tijd aangekomen voor de suikeroogst op de plantage La Amada. Hij belandde in een groep slaven uit Afrika en hij kreeg een plat, recht mes om het suikerriet te snijden. De stengels waren zo hard als hout, maar dan vezeliger en moeilijker te hakken. Klonten stof vielen uiteen in zijn gezicht. De blaren groeiden als paddestoelen in zijn handpalmen. Tijdens het werk kwamen er massa's kleine, regenboogkleurige vliegjes op zijn huid zitten, terwijl hij steeds opnieuw de geelgroene dampen van het suikerriet inhaleerde.

De hitte begon al voor zonsopgang en duurde tot lang nadat de zon weer was ondergegaan. Chen Pan kreeg een zere rug van al het bukken. Hij trapte op hagedissen die zo groot waren als zijn vuist. Op een dag hakte hij met zijn kapmes in zijn scheenbeen: het duurde weken voordat de wond genas. De ossenwagens bogen door onder het gewicht van al dat suikerriet. En nog was het werk niet klaar.

De Afrikanen werkten zich met stugge regelmaat door hun rijen suikerriet heen. *Woesj-woesj-wek.* Drie snelle slagen hadden ze maar nodig om het riet af te hakken, waarna er maar een klein stukje stengel achterbleef in de grond. Chen Pan had nog nooit zulke mannen gezien. Ze waren twee keer zo breed als hij en ze hadden dijbenen zo dik als eikenbomen en tanden die zijn botten konden vermalen. Sommigen waren twee keer zo lang als de Chinezen en hadden een ingevallen ruggengraat die hij als een boom zou kunnen beklimmen.

De huid van de Afrikanen leek de velden donkerder te kleuren; roodzwarte huid of blauwzwarte huid of huid die zo bruin was als boombast en naar bos rook. De meeste slaven hadden een spinnenwebvormig patroon op hun rug van de zweep van de slavendrijvers of strepen rauwe, roze huid. Chen Pan zag een slaaf die honingbijen ving met zijn tong en ze doorslikte als een beer. Hij beweerde dat ze niet eens prikten.

De mannen kwamen uit plaatsen waar Chen Pan nog nooit van had gehoord. Ze noemden zichzelf Bantoes, Ashanti, Mandigo's, Carrobali. In China zou niemand geloven dat zulke mannen echt bestonden.

Vanaf het eerste uur op het veld was het Chen Pan duidelijk geworden dat hij niet als ingehuurde werkkracht in Cuba was, maar als slaaf, precies zoals de Afrikanen. Dat hij was misleid en dat hij zijn leven had weggegeven. 's Nachts brandden zijn spieren door het harde werk dat hij overdag moest doen en sliep hij heel onrustig. Steeds weer stelde hij zichzelf dezelfde vragen. Hoe kon hij ooit terugkeren naar zijn dorp? Zijn palenhuis bouwen aan de rivier? De goede naam van zijn vader herstellen?

De slavenverblijven waren een stinkende bijenkorf van

rottend hout, vol vuil, stank, ratten en luizen, en zonder een sprietje groen. De lucht trilde van de muskieten. Op armzalige vuurtjes op de binnenplaats werden zoete aardappelen, pisang en *malanga* gekookt; het vuur verspreidde vonken en een dikke, paarsige rook. De hutten waren smerig en er waren geen bedden, alleen maar harde planken of hangmatten. Een ellendige bewaker in een met tralies beveiligde uitkijkpost had de enige sleutel. De *mayoral* woonde een eindje verderop in een fort bewapend met vuurwapens.

Een paar ouwe wijven deden de was, kookten en verbouwden wat stoffige rijtjes knollen. Sommige scheepsmakkers van Chen Pan begonnen zelf groente te verbouwen met de zaden die ze hadden meegenomen van huis: meloenen, pompoenen, witte kool, aubergines, paksoi. Op een avond maakte een kok uit Kanton een vogelnestjessoep die zó heerlijk was dat verschillende mannen om hun moeder moesten huilen.

Als het donker was, mocht er geen licht meer branden in de *barracón*, maar de slaven hielden vuurvliegjes in kleine kooitjes van twijgen. Soms zong een slaaf met heimwee een lied uit zijn dorp, monotoon en treurig, met woorden die wegvielen tegen het regelmatige nachtelijke getjilp van de krekels. De rustelozen waren uren bezig om de mijten van hun lijf te halen. Zowel vrouwen als mannen rookten sigaren van wilde tabak om het kwaad op afstand te houden. Want het kwaad, zeiden ze, was overal.

Het geklets was in de *barracón* net zo overvloedig als het ongedierte. Chen Pan kon de meeste verhalen niet volgen, maar wat hij ervan begreep, of meende te begrijpen, maakte hem van streek. Reuzenkameleons met beten die je gek konden maken? Slangen die sneller waren dan hardlopende varkens? Paarse adders die zichzelf oprolden tot een hoepel, met hun staart in de bek, en zo hun slachtoffers achtervolgden tot die er uitgeput bij neervielen? De slaven spraken met eerbied over een Yoruba-meisje dat haar vrijheid had gekocht door kammen te maken van schildpad. Iedereen droomde daarvan: genoeg geld verdienen om jezelf vrij te kopen.

Soms hing een Afrikaan zich op aan de mahonieboom, met zijn zondagse vodden aan. Vooral de *bozales*, de Afrikanen die pas waren aangekomen, pleegden vaak zelfmoord. Ze sprongen in de waterput of in de ketels met kokende suiker. Ze aten handenvol zand of verstikten zichzelf door hun eigen tong in te slikken. Op de plantage waren er allerlei manieren om te sterven. De stotterende houthakker uit D. hing zichzelf ook op aan de boom van de Afrikanen, nadat hij zó hard was geslagen dat hij niet meer rechtop kon lopen. Op de plantage ging het gerucht dat zelfs een milde bestaffing van *los chinos* desastreuze gevolgen kon hebben voor de investeringen van de eigenaar.

Aanvankelijk kon Chen Pan niemand verstaan. Het Spaans klonk hem zo lawaaiig in de oren, als vuurwerk op nieuwjaarsdag. Er was geen variatie in de toon, het ging niet omhoog of omlaag, alleen maar ra-ta-ta-ta-ta. Meer niet. *Tra-ba-jo, tra-ba-jo.* Chen Pan leerde snel dat hij ook niet veel meer hoefde te begrijpen dan dat. Soms gooiden de Afrikanen er woorden van hun stamtaal tussendoor: Abakua, Congo, Lucumi.

Chen Pan mocht de Afrikanen graag. Ze leerden hem hoe hij het hakmes moest gebruiken en gaven hem zoete aardappelen die ze in de hete as hadden geroosterd. Cabeza de Piña, die iemand met een kopstoot bewusteloos kon slaan, had zich over Chen Pan ontfermd en beschermde hem als een broer. Hij noemde Chen Pan 'Flecha', pijl, omdat hij zo'n lange, rechte ruggengraat had. Cabeza zei dat Chen Pan, net als hij, een zoon van de Vuurgod was.

In ruil daarvoor leerde Chen Pan zijn vriend Chinese oefeningen om de dag te beginnen, om energie te halen uit de hemelen en zijn lichaam sterker te maken.

De andere Chinezen staken de draak met Chen Pan. Ze zeiden dat ze niets met de Afrikanen te maken wilden hebben. Ze zeiden dat de zwarte mannen leugenaars waren, dat ze stonken als apen en hun eten stalen. Maar Chen Pan trok zich daar niets van aan.

De Chinezen en de Afrikanen hadden één ding met elkaar gemeen: de haat die ze voelden voor de opzichter, een potig varken van een *criollo* die ze El Bigote noemden omdat hij een snor had als een deurkruk. Wie dacht hij wel dat hij was, als hij rondreed op die vermoeide merrie, zijn zweep en pistool in de aanslag, zijn laarzen modderig in de middagzon? Steeds als de eigenaar de velden kwam inspecteren, zei El Bigote zalvend: '*Si, Señor. No, Señor. A sus órdenes, Señor.*'

Op een dag had El Bigote Chen Pan een gemene afranseling gegeven omdat die een van de grappen van zijn oudtante had verteld (over de eerste vrouw van een geitenhoeder) waar de mannen zo hard om moesten lachen dat ze hun kapmes hadden laten vallen. 'Baaaa-baaaa!' Chen Pan gierde nog van het lachen toen ineens de zweep zijn hemd van zijn rug sloeg en een spoor van bloed over zijn huid trok. Nog vele nachten daarna verzorgde Chen Pan zijn wonden met Afrikaanse geneeskrachtige bladeren, terwijl hij zon op wraak.

Dit was niet de laatste afranseling die Chen Pan kreeg. Hij werd, net als de andere mannen, voor elk klein vergrijp geslagen; als ze wat langzamer werkten, hun eigen taal spraken of het waagden om te protesteren. Twintig zweepslagen voor openlijke ongehoorzaamheid. Dertig erbij als de overtreder ermee doorging. Daarna volgde twee maanden lang geketend op de velden werken.

Voor Chen Pan was de stilte erger dan de zweep. Hij voelde de onuitgesproken Chinese woorden in zich rotten, gewone woorden als 'zon' en 'gezicht' en 'boom'. Of fragmenten van gedichten die hij hard zou willen uitschreeuwen, zoals het gedicht over koningin Xi. Honderden jaren geleden versloeg de koning van Chu de heerser van Xi en nam zijn vrouw mee als oorlogsbuit. Chen Pan hoorde het zijn vader nóg declameren:

Geen koninklijke gunst kon de herinnering vervagen
Aan de liefde die ze ooit had gekend
Als ze een bloem zag, vulden haar ogen zich met tranen
Zij sprak geen woord tegen de koning van Chu

Zo nu en dan verspreidde een bries de geur van jasmijn of heliotroop in de suikerrietvelden. Daar putte Chen Pan moed uit, al zat hij gevangen op dit duivelseiland omringd door mangroves en hongerige haaien en al viel zijn arm vaak halverwege een beweging van pure uitputting weer naar beneden. Hij stelde zich de bries voor als de frisse adem van de zee, die boten langs de horizon stuurde en hun zeilen bol en doelgericht maakte.

Soms probeerde hij zichzelf wat af te leiden door de paar vrouwelijke slaven op het veld te bespioneren. Als hij geluk had, zag hij de jongere slavinnen zich baden in het riviertje of zag hij hen met hun minnaars in het struikgewas. Hij keek met veel verlangen naar hen en zag dat ze op het hoogtepunt van het liefdesspel niet hun ogen sloten of het hoofd afwendden.

De ruzies om de vrouwen waren zo hevig dat er meestal iemand bij om het leven kwam. *Om het allerlaatste bot krijgen alle honden mot.* Drie slaven kregen ruzie om een mollig meisje dat in de keuken werkte. De twee kleinere mannen wurgden de grotere en sloegen hem daarna de schedel in. Bij de begrafenis zongen en klapten de slaven bij het levenloze lichaam en riepen om een veilige terugkeer van de dode naar Afrika. Daarna plakten ze zijn ogen dicht met sperma en begroeven hem in het oerwoud.

In de weekenden leefde de *barracón* op door de feesten die werden gehouden. De *criollo* koopman kwam dan met zijn wittebrood en gefrituurde hapjes. Hij verkocht ook bedrukte katoen, pindakoekjes, spierzalfjes en gestreepte zakdoeken. Zo nu en dan waren er hanengevechten, die de stemming flink opjoegen. Chen Pan deed in China weleens mee met hanengevechten; hij ging dan stiekem naar W. als zijn moeder en zijn vrouw al sliepen. Hij vond het leuk om te kijken naar de voor het gevecht uitgedoste hanen, naar de felle strijdlust in hun ogen. Hij had een keer van zijn gewonnen geld een nieuwe schoffel gekocht.

Er was nog meer te doen. De slaven hielden allerlei wedstrijdjes en weddenschappen, bijvoorbeeld wie de grootste pik had. Bij een van dat soort wedstrijden moesten de mannen hun *pingas* door een gat in een diepe houten bak duwen met as op de bodem. Degene die de meeste as naar boven haalde aan zijn *pinga* was de winnaar. Meestal won Cabeza de Piña.

Toen Cabeza in de stal moest slapen omdat hij had gevochten met de *mayoral*, omsingelden verscheidene Afrikanen Chen Pan. Ze beschuldigden hem ervan dat hij Cabeza in moeilijkheden had gebracht. Maar Chen Pan vocht terug. Geen enkele andere Chinees durfde met de slaven te praten, klaagde hij, dus waarom vielen ze hem aan? Toen de Afrikanen Chen Pan dwongen om zijn *pinga* in de askist te duwen, wilde hij van schaamte wel door de grond zakken. Hij trok hem weer omhoog, helemaal verschrompeld en zonder een kruimeltje as.

Aan het eind van de oogsttijd hakte Chen Pan net zo snel en vaardig door het suikerriet als hij de Afrikanen in het begin had zien doen. Nu het laatste suikerriet rijpte, werd de bast brozer en waren de stengels dik van het stroperige sap. Chen Pan leerde om zich te bewegen op het ritme van de zwaaiende stengels en het gezoem van de insecten, om mee te gaan in de hitte, om riet te snijden tot de tijd elke betekenis verloor, tot zijn keel droog was en zijn dromen enkel stof bevatten.

Als hij zijn contract in Cuba had uitgediend, wat hield hij er dan aan over? Geen geld, maar wel het lichaam van een oude man. Zijn toekomst brandde weg op de velden. Hij had het geluk van een dode mus. Meestal was hij zelfs te moe om spijt te hebben.

Tijdens de laatste afmattende weken van de *zafra* werd de klok van de suikermolen twintig keer per dag geluid. Het leven van Chen Pan werd afgemeten door de knallende zweep waarmee de zonverbrande huid van de slaven in repen werd geslagen. Een paar *chinos* kregen wat minder zwaar werk. Ze moesten het suikerriet op de persen laden of op het kokende vocht letten. Chen Pan werd ook voor zulke karweitjes uitgekozen. Maar na het verstikkende scheepsruim en de *barracón* kon hij het binnen niet lang meer uithouden. De zon was meedogenloos, dat was wel zo, maar soms vlogen er kraanvogels over, die hem schoonspoelden met hun schaduw en hun dwalende geluk.

Een kraanvogelwolk op weg, dan kun je beter
terugkeren naar huis, witte wolken en verder,
water drinken uit beekjes, slapen in de lege valleien...

Chen Pan miste zijn oudtante het meest. Voordat hij naar Amoy ging, had hij afscheid van haar genomen onder de overhangende rand van het rieten dak van haar huisje. Wat hield hij toch van de nette rijtjes chrysanten in haar tuin. Ze hadden uren besteed aan het verzamelen van blaadjes van de moerbeiboom. Haar zwart geworden tanden flitsten als ze hem weer een schuine mop vertelde. Als kind had Chen Pan gedacht dat zijn penis (net als die van alle andere jongens) vooral bedoeld was als bron van plezier voor de vrouwen.

'Onthoud dat we niets mee kunnen nemen als we dood zijn,' zei zijn oudtante, en ze omhelsde hem. 'Doe voorzichtig en kom veilig thuis.'

Chen Pans vader had zijn gedichten vaak voorgelezen aan zijn geliefde tante. Ze was oud en ze was nooit naar school geweest, maar ze luisterde heel aandachtig naar haar neef. Als zijn vader een uitdrukking gebruikte die ze niet begreep, schrapte hij die regel. Hij had besloten om alleen maar te schrijven wat fatsoenlijke boerenmensen konden waarderen.

Chen Pan schreef in zijn hoofd brieven naar huis. *Lieve tante. Lieve vrouw. Ik leef nog.* Maar hij schreef die brieven nooit. Iedereen moest maar denken dat de struikrovers hem hadden beroofd en vermoord, dat de gieren zijn ogen hadden uitgepikt. Hij wist dat zijn vrouw wierook voor hem zou branden en zijn geest zou manen om terug te keren naar huis. Chen Pan wilde haar bij zijn terugkeer graag verrassen. Maar bij elke zwaai met zijn kapmes leek dat vooruitzicht verder weg.

Soms werden de eentonige dagen onderbroken door een onweersbui, maar de stortbuien werden al snel voorspelbaar: de wolken bouwden steeds weer dezelfde grijze bergen in de lucht en de regen viel nooit langer dan een uur. Tegen de schemering trilden de velden van de vuur-vliegjes. Alleen een calamiteit kon de dagelijkse routine doorbreken. Zoals die keer dat Yeh Nien werd getroffen door de bliksem toen hij tijdens het onweer zijn hakmes in de lucht hief, of de ochtend dat de achterlijke Eulice drie tenen verloor door een gestruikelde os.

Op een dag werd het in de namiddag donker op de vel-den door een geweldige onweersbui. De slaven konden het eind van hun kapmessen niet eens zien, maar ze moesten toch doorgaan met werken. In de verwarring en de duister-nis zag Chen Pan ineens El Bigote, die bevelen schreeuwde naar een van de slaven. Hij raapte een scherpe steen op, mikte zorgvuldig en gooide hem tegen de slaap van de op-zichter. Chen Pan wist dat als je die plek goed raakte, je ie-mand in één keer kon doden.

Alle slaven kregen zweepslagen voor de moord op El Bigote, maar niemand bekende de misdaad te hebben ge-pleegd of gezien. Niemand zei iets tegen Chen Pan, maar hij kreeg wel kleine blijken van waardering. Hij mocht 's ochtends als eerste een kapmes kiezen en 's middags het eerst uit de waterbak drinken. *Akuá mbori boroki ñangué*, zeiden de Afrikanen zacht. De geit wordt maar één keer ge-castreerd.

Jaren geleden was er een rondreizende acrobaat in het dorp van Chen Pan geweest. Hij had een aap bij zich, een grote makaak, die hij aan een touw hield. De makaak was ontsnapt en in de kumquatboom van zijn familie geklom-men, waar hij zich te goed deed aan het heerlijke fruit. Wat ze ook deden, de makaak kon niet naar beneden worden gelokt. Later probeerde het beest zelfs de honden in het dorp te bestijgen, ook de kleine hulpeloze hondjes zoals de pekinees van zijn oudtante. Chen Pan had die aap ook met één steenworp gedood.

De vrouwen toonden veel meer interesse in Chen Pan nadat hij El Bigote had vermoord. Een magere slavin die Rita heette, kwam vaak naar hem toe in de *barracón*. Haar huid was glad en zachtpaars en ze had kaarsrechte benen. Als ze naar hem toe liep, met ritmisch wiegende smalle heupen, voelde Chen Pan dat zijn lichaam helemaal begon te gloeien van hartstocht. Rita biechtte aan Chen Pan op dat hij haar nieuwsgierig maakte.

'*Chinito lindo, chinito lindo,*' zong ze, terwijl ze met haar vingers over zijn arm streelde.

De andere mannen joelden naar Chen Pan en plaagden hem. Hij begon te dromen van Rita, van haar stem door zijn losse haren, of van haar lippen die hongerig van elkaar gingen om zijn kus te ontvangen. Als hij 's ochtends wakker werd, gingen zijn eerste, broeierige gedachten naar Rita uit.

Chen Pan dacht aan zijn vrouw die op de tarweboerderij op hem wachtte, aan haar dunne haar dat in een knotje op haar achterhoofd zat. Ze was geen slechte vrouw. Ze kookte voor hem, repareerde zijn kleren, ging met hem naar bed als hij dat vroeg, zelfs midden op de dag. Chen Pan had nooit van haar gehouden. Dat wist hij nu. Toen ze afscheid van elkaar hadden genomen onder de wilg, waar die verrotte druivenrank doorheen kronkelde, had hij niets gevoeld.

Een paar dagen later gaf Chen Pan Rita een zakspiegeltje dat hij van de *criollo* handelaar had gekocht. 'Nu moet je toegeven dat je heel mooi bent en zul je begrijpen waarom ik zoveel voor je voel.' Chen Pan had eindeloos geoefend om dit in zijn gebrekkige Spaans tegen haar te zeggen. Rita hield het spiegeltje schuin om meer licht te vangen en bekeek haar gezicht erin. Ze leek tevreden over wat ze zag.

'Hou je van me?' vroeg ze met haar zangerige stem.

'*Sí*,' zei Chen Pan. Hij boog zijn hoofd.

Diezelfde dag zag Chen Pan dat de eigenaar van de plantage, don Urbano, naar Rita keek terwijl hij wat rondhing bij het stuk land waar zij aan het werk was. Hij liet haar kapmes slijpen en stuurde een huisslaaf om haar vers mameysap in de schaduw te brengen. Na het eten gaf hij opdracht om Rita's vaste minnaar, Narciso, over te plaatsen naar de nachtdienst in de molen. En toen liet hij Rita bij zich in zijn bed komen.

Toen Narciso de volgende ochtend terugkeerde van het werk, schoot de *mayoral* hem zonder enige waarschuwing dood. Niemand mocht hem begraven. Hij werd in aanwezigheid van de hele *barracón* aan de bloedhonden gevoerd, het ene bloederige stuk na het andere. Zijn arme geest, zongen de slaven weeklagend, voorgoed verloren en verdwaald. En de oude wijven klakten: *Gallina negra va pone' huevo blanco.* De zwarte kip gaat een wit ei leggen.

Terwijl Rita's buik dikker werd, vermagerde de rest van haar lichaam, alsof haar vlees alleen maar getransporteerd

werd naar een ander deel van haar lijf. Ze vergat Chen Pan
en haar vrienden in de *barracón*, ze vergat haar eigen naam
en het kleine spiegeltje dat ze cadeau had gekregen, ze
vergat dat ze een slavin was. Elke nacht knielde Chen Pan
naast haar hangmat en fluisterde dan in haar oor. Hij vertelde haar het verhaal van de herdersjongen en het wevers-
meisje, die door de hemelse moeder van het meisje werden
veranderd in sterren en aan de uiteinden van de Melkweg
werden gezet. Slechts één nacht per jaar, op de zevende
nacht van de zevende maan, ontmoetten ze elkaar.

De andere Chinezen zeiden dat Chen Pan gek was, omdat hij verliefd was op een dood meisje. De Afrikanen geloofden dat ook, maar ze waren te vriendelijk om dat te
zeggen.

De nieuwe opzichter merkte al snel dat Rita niet veel
werk meer kon verzetten op het veld. Binnen een paar weken werd ze verkocht aan een koffieplantage in de bergen
bij Oriente. Iedereen zei dat een slaaf het maar half zo lang
volhield als hij koffie moest plukken in de regen. La Gorda,
de Bantoeheks, gooide haar kauri's en voorspelde dat Rita
niet meer op de velden zou werken: *Ze zal sterven terwijl ze
haar doel bereikt; het verstikken van de jongensgeest in haar
buik.*

Toen het riet was geoogst en gemalen, werden de dagen
gevuld met lichtere karweitjes: gereedschap repareren, de
nieuwe aanplant wieden en akkers inzaaien tussen de
regenbuien door. Een paar Chinezen namen een Spaanse
naam, sneden hun vlecht af en probeerden te wennen aan
het lokale eten. Ze kozen de namen van rijke Cubanen, in

de hoop even rijk te worden als zij. Yü Ming-hsing werd Perfecto Díaz. Li Chao-ch'un noemde zichzelf Jorge de La-ma en kamde zijn haar strak achterover met geparfumeer-de pommade. De domme Kuo Chan wilde per se Juan-Juan Capote gaan heten.

'Waarom Juan-Juan?' vroeg Chen Pan aan hem.

'Twee keer zoveel geluk,' antwoordde hij.

Kuo Chan leerde om net zo goed te dansen als de Afri-kanen en bewoog zijn heupen soepel op de maat van de trommels. Hij vergat dat hij een *chino* was.

Chen Pans verdriet om Rita bracht hem geluk bij het gokken. Zijn tegenspelers zeiden dat hij steeds weer won omdat het hem niet kon schelen als hij verloor. Afleiding, zeiden ze, dat was het enige wat hij wilde. De Chinezen en Afrikanen speelden verhit – *botón, fanfän, chiffa*. Chen Pan had geluk, maar hij was niet inhalig. Hij stopte met spelen als hij vijf of zes peso had gewonnen. Het had geen zin om door te spelen en alles weer te verliezen, vond hij. Dode mannen – geel, zwart of wit – hadden geen vrien-den.

Op nieuwjaarsdag ontsnapten twaalf Chinezen van de plantage La Amada. Chen Pan was kwaad omdat ze hem niet hadden betrokken bij hun plannen, totdat ze allemaal, op één na, werden teruggevonden. Ze kregen tien dagen lang een blok aan hun been en als waarschuwing moesten Chen Pan en de andere *chinos* toekijken toen de linkervin-gers van de ontsnapten werden afgehakt. Daarna werden ze weer naar het veld gestuurd om suikerriet te oogsten.

Nog maanden daarna werd er maar over één ding gesproken: de *chino* die had weten te ontkomen, Tiao Mu, de visser uit F. Er werd gezegd dat Tiao Mu met de bloedhonden op zijn hielen in de rivier was gesprongen en was verdronken. Verdwijnende Rook noemde iedereen hem. De eerste Chinese *cimarrón*.

De Afrikanen beweerden dat de riviergodin Ochún hem had beschermd, dat zij Tiao Mu had veranderd in een mistflard voordat ze hem in veiligheid had gebracht bij haar zus, Yemayá, die heerste over de blauwe zee. Tiao Mu, zeiden ze, moest Ochún de rest van zijn leven honing en goud geven om beschermd te blijven. Maar zou hij wel weten, vroegen de slaven zich af, dat hij dat moest doen?

Er werd nooit meer iets van Tiao Mu vernomen, maar niemand twijfelde eraan dat hij in leven was, en vrij. Iedereen op de plantage had een hogere dunk gekregen van de Chinezen en dat kwam door Tiao Mu. Na zijn ontsnapping werden *los chinos* met meer respect behandeld.

In mei glipte Chen Pan weg van de andere slaven toen ze op weg waren naar een veld dat gewied moest worden. Hij hield zijn adem in en ging op zijn knieën in het hoge gras zitten. De krekels om hem heen hielden zich plotseling stil, maar niemand merkte dat hij weg was. In een ceibaboom vlak bij hem zaten een paar kraaien spottend te krassen. Chen Pan dacht aan wat Cabeza hem had verteld: dat de boom hun moeder was, haar sap haar bloed, haar aanraking een tedere streling.

Onder de ceiba lagen hoopjes aarde, van talismannen die hier tussen de wortels waren begraven. Chen Pan kroop naar de boom en wreef de heilige aarde op zijn gezicht en hals en op zijn slapen om zijn hoofd helderder te maken. De aarde was vochtig en scherp, verkoelde hem en bracht zijn heftig kloppende bloed tot rust. Tussen de onderste takken van de boom zweefden gigantische, zwavelkleurige vlinders. Hun vleugels bewogen in een tegenwind.

Chen Pan stond op en liep weg. Het was te gemakkelijk, vreesde hij. Hoe kon zijn diepe wanhoop in één keer worden weggevaagd door deze verrukking? In het oerwoud werden zijn zenuwen door elk geritsel of gesis op de proef gesteld. Hoe had dit toch allemaal kunnen gebeuren? Hij was naar Cuba gegaan om zijn fortuin te zoeken en nu moest hij boombast eten om de honger te stillen. Maar hij had geen tijd om zich te beklagen. Als hij wilde overleven, moest hij eerst een mes stelen.

Tegen middernacht zat Chen Pan hoog in een andere ceibaboom en probeerde zichzelf door zijn wilskracht onzichtbaar te maken. In de verte waren de bloedhonden als gekken aan het blaffen, met duivelse geesten in hun keel. De wind vervormde hun geluid zodat het leek alsof het er tienduizend waren. De Afrikanen hadden weleens verteld over de rusteloze demonen die door de bossen zwierven en vermomd waren als dieren. Hoog in de ceiba zat Chen Pan; zijn maag was onrustig en hij bereidde zich voor op het ergste.

Die eerste nacht en de nachten daarna was er geen maan, er was alleen het geluid van de spotvogels, de bosgeesten en de trogons die hikten en knaagden onder het dichte bladerdak. De uilen waren het ergst, die gilden naar hem in het Chinees. Eentje, een haveloze, bruine uil zonder tekening, achtervolgde hem negen maanden.

'Trouweloze zoon!' schold het beest steeds weer opnieuw.

Chen Pan concludeerde hieruit dat zijn moeder was gestorven en dat haar geest hem kwam kwellen: omdat hij was weggegaan uit China, omdat hij haar geen geld had gestuurd en haar geen kleinzoon had geschonken. Hij probeerde haar uit te leggen waarom hij uit Amoy was vertrokken en dat hij van plan was om terug te keren naar zijn dorp om iedereen rijk te maken. Maar ze wilde niet luisteren.

Hij stal eieren van een boer om de geest van zijn moeder tot bedaren te brengen. Hij offerde ook het zeer malse vlees van een ongeboren *almiquí* die hij uit de opengesneden buik van zijn moeder had getrokken en boven een vuurtje had gerookt. Het dier had botten die zo teer waren als bloemstengels. Hij maakte een krans voor haar van palmbladeren en wilde orchideeën, nog mooier dan ze in China waren, en hij gaf haar wilde ananas en granaatappels vol robijnrood sap.

'Eet dan,' smeekte Chen Pan haar. 'Ze zijn lekkerder dan onze perziken, sappiger dan de pruimen van de keizer.'

'Trouweloze zoon!' gilde ze terug.

Hij zette thee van zoete bladeren om haar lijden te verzachten, maakte een bed van gras en riet naast een helder beekje waar ze kon rusten, roosterde duif met wilde taro en honing die hij uit verborgen korven had gehaald. Toen het zo hard regende dat het oerwoud een moeras leek en het

onmogelijk was om nog vuur te maken, bouwde Chen Pan
een hut voor zijn moeder van takken en palmbladeren, die
hij vastbond met *majagua*, een sterke, buigzame rank.

'Trouweloze zoon!'

Meestal liep Chen Pan tot zijn voeten begonnen te bloeden; hij volgde de beekjes en de langzaam draaiende sterren. Hij werd moe, onverschillig, verstuikte zijn enkel in
een bosrank. Toen hij een infectie kreeg in zijn mond,
drukte hij mos tegen zijn tandvlees om het roze te houden.
Hij verloor toch een kies, een grote kies die helemaal zwart
en verbolgen was van de pijn en die hij er met een liaan uit
moest trekken.

Hij herkende zijn eigen schaduw niet meer, die dun en
vreemd gebogen was. Hij vermoedde dat zijn oudtante
ook was overleden. Nu waren alleen nog zijn vrouw en zijn
broer over op de boerderij. In China werd gezegd dat uils-
kuikens hun moeder opaten als ze groot genoeg waren om
uit te vliegen. Misschien kon hij die treiterende vogel vangen, braden, verslinden en voor eens en voor altijd laten
verdwijnen. Hoe anders moest hij van dat beest afkomen?
Bij die gedachte begon Chen Pan te trillen.

Die nacht was het ineens afgelopen met de moederlijke
kwelgeest. Het oerwoud was zo stil als een kerkhof. In het
maanlicht leek alles anders. De vogels vlogen geluidloos
langs. Dit was nog veel erger dan het gescheld van zijn
moeder, dacht Chen Pan. Tegen zonsopgang sliep hij een
beetje en droomde van lotussen en wegvliegende ganzen.

Chen Pan sjokte door het oerwoud terwijl zijn hart hol
in zijn borst bonsde. Zijn voetstappen weergalmden tegen

de bladeren voordat ze trillend van de bomen vielen. Hij at alleen wilde guaves. Scheet een roze straal. Zijn huid werd roodbruin als de aarde van het eiland. Chen Pan zag rook omhoog kringelen achter een groepje palmbomen. Hij hoorde gehoest. Waren er nog meer *cimarrones* in het oerwoud, die zich net als hij verborgen hielden? Moest hij zichzelf gaan aangeven? Weer suikerriet gaan snijden? Wat had hij nu eigenlijk aan zijn vrijheid?

Hij dacht aan iets wat zijn vader hem had verteld. *Alleen in de dood keren we terug naar huis.* En dus maakte Chen Pan een bed van spinrag en zilveren bladeren op de vleermuizenmest die in een dikke, zachte laag op de grond van een kalkstenen grot lag en smeerde zijn gezicht en zijn handen in met stuifmeel. Daar zou hij sterven en zouden zijn botten verpulveren. Hij zou sterven in die onbekende grot en dan zou zijn geest terugvliegen naar China.

De volgende ochtend werd Chen Pan uitgerust wakker. De lucht was vochtig en de hemel was blauw. Buiten, hoog in een tak van een ceder, zat een vette *jutía*. Als het hem lukte om het dier te doden, zou hij in Cuba blijven, besloot Chen Pan. Hij raapte een gespikkelde steen op en gooide die uit alle macht omhoog. Het knaagdier leek even in de lucht te blijven hangen voordat het op de grond viel. Het zou een uitstekend ontbijt zijn.

Noord

NEW YORK CITY
(1968)

Domingo Chen schrok opnieuw van het platte, drijvende ei van de maan. Niemand op het werk had hem verteld dat de maan de hele zomer elliptisch vol bleef, zelfs Félix Puleo niet, die een extra matras op het dak van zijn huis had voor zijn tweede meisjes en, zou je kunnen zeggen, een uitstekend zicht had op de hemel. Maar hoe kon de maan de hele zomer vol blijven zonder dat iemand het merkte?

Er was niets in het nieuws geweest over een of ander astronomisch verschijnsel. Domingo zou dat anders vast gehoord hebben, want er stond altijd wel ergens een radio aan. In de Havana Dragon rumba-plena-merenguede de muziek de hele nacht, weerkaatste tegen de maan en stuiterde dan weer terug. En als er geen muziek was, dan blèrde het slechte nieuws: metrostakingen, gekaapte vliegtuigen op weg naar Cuba en de slachtoffers in Vietnam.

Domingo stak zijn hoofd uit de achterdeur van de keuken om even verlost te zijn van de stomende borden. Vanavond lag Venus zoals gewoonlijk in haar gele nest en heerste Mars nog steeds als de god van de oorlog. Ondanks die rare maan en de weinige zichtbare sterren vond hij het

vertroostend om naar de hemel te kijken. Zijn moeder ver-
geleek de planeten altijd met de *santos*. Venus was Ochún.
Mars was Changó. En Saturnus met zijn ringen van kennis
was de serene Obatalá.

Het was niet gemakkelijk geweest sinds hij en zijn vader
afgelopen winter waren vertrokken uit Cuba. Die eerste
weken in november had Domingo durven zweren dat iemand de zon in de koelkast had gezet en dat de wind dwars
door zijn lijf blies – hij had het zijn hele leven nog niet
zo koud gehad. En zijn vader was zo mager geworden dat
hij zomaar leek te kunnen verdwijnen. Toen hadden ze allebei griep gekregen en waren ze vijf dagen hun huis niet
uitgekomen. Op kerstavond zaten ze in handdoeken gewikkeld naast elkaar op hun bank-van-het-grof-vuil, met
een brandende pijn in hun botten.

Maar nu, in de zomer, was New York een stuk vriende-
lijker. Domingo vond het heerlijk om op zijn vrije dagen
door de stad te zwerven – langs de leikleurige rivieren, onder de granieten torens, door neonverlichte avenues – en
dan naar de vrouwen te kijken. Manhattan was een fantastische *jardín de mujeres*. Bruine meisjes, roze meisjes, witte
en gele meisjes in alle zachtvlezige vormen en maten. Als
het zonnig was, liepen ze in hun blote jurkjes (sommige
daarvan waren gemaakt van *wegwerp*-papier!). Ze droegen
hippe witte laarsjes, armen vol plastic armbanden en glanzende lippenstift die hem deed denken aan het kokosijs in
Guantánamo waar hij zo dol op was.

Domingo beschouwde de fontein bij het Lincoln Center
als zijn mooiste uitkijkpunt. Tegen lunchtijd installeerde

hij zich hier met een hotdog en een *potato knish* (net een vierkante kroket, vond hij) en keek naar de getailleerde ballerina's die zich over het plein haastten. In zijn eigen buurt waren ook tientallen vrouwen de moeite waard. De onbeschaafde meisjes Barnard met hun mooie tanden en half blote borsten. De serveerster met de dikke kont uit 108th Street, die zich door de schooljongens liet betasten in ruil voor de prijs van een Sprite. De Latijns-Amerikaanse *mamitas* aan Amsterdam Avenue.

De afwasmachine ging precies op het drukste moment stuk, dus moest Domingo alles met de hand afwassen. Hij werkte niet snel genoeg volgens de obers, twee opvliegende oude Chinezen die op zijn vader leken en die na de revolutie uit Cuba waren vertrokken. '*¡Mas platos! ¡Mas cubiertos!*' Domingo waste van het ene bord na het andere de resten van de specialiteiten van het huis: biefstuk met ui op brood, nasi goreng en *tostones*, tot zijn maag begon te draaien van walging.

Na zijn werk ging hij de stad in, naar de show van Ray Barretto in de Village Gate. Domingo wist dat zijn vader het vreselijk vond dat hij al zijn geld uitgaf aan concerten en kleren. Maar wat moest hij dan? Sparen voor zijn pensioen? Hij had natuurlijk een van die hippe tricot shirts gekocht die iedereen droeg en een bijpassende zonnebril met blauwgetint glas. Toen hij alles had aangetrokken om aan zijn vader te laten zien, had Papi hem alleen maar aangestaard vanachter zijn hakblok.

'Maar Papi, vanavond komt El Watusi Man!' had Domingo gekreund. In dat geval speelde geld toch geen rol?

Maar zijn vader was zwijgend verdergegaan met het hakken van zijn kool. Papi was kool met gedroogde garnalen aan het roerbakken. Hij had de garnalen laten wellen in kokend water voordat hij ze in de dampende wok gooide. De garnalen sisten in de hete olie en vulden de kamer met de scherpe geur van de zee.

De nachtclub zat stampvol, maar Domingo wist met veel overredingskracht een plaatsje voorin te bemachtigen, naast een vermoeid uitziende verpleegster met een moedervlek op haar wang. El Watusi Man bespeelde de vellen alsof hij een taal sprak die doorspekt was met de donder. Een stomende, opzwepende rumbero. *De otro mundo.* Domingo voelde de *timba* alsof The Man op zijn eigen botten speelde. *Ashé olu batá.* Hij sloot zijn ogen en liet zich gaan, voelde de *groove,* een diepe dagdroom, de hartklop van zijn eigen, merkwaardige afkomst.

'Hé, waar kom jij vandaan?' vroeg de kleine verpleegster aan hem toen de muziek was afgelopen.

Domingo wilde haar vertellen dat hij van gemengde afkomst was. Want hoe moest hij kiezen wat hij wilde zijn?

'Cuba,' zei hij. 'Ik kom uit Cuba.'

Na afloop ging Domingo met de kleine verpleegster mee naar Chinatown en bedreef de liefde met haar op het bed van haar dode moeder (overal lagen witte doekjes, als opgedroogde sneeuwvlokken). De verpleegster zei tegen hem dat ze meestal alleen met blanke mannen omging, maar dat ze voor hem een uitzondering maakte. Domingo wist toen dat hij niet van de kleine verpleegster kon houden, maar hij voelde wel iets voor haar.

55

Het was nog donker toen Domingo de flat van de verpleegster verliet. Een bijna onmerkbare motregen drensde over het laatste stukje van de nacht. Chinatown begon al tot leven te komen, met handelaren en afdingende klanten. De mist die van de rivier kwam, leek alles nieuwe vormen te geven. Een weduwe met een voile leek een haastig voortsnellende bruid. Een paar bungelende roodgebraden kippen salueerden naar elke voorbijganger. En overal waar hij kwam, blaften razende hondjes hem berichten toe van de doden.

In Mott Street lag het afval langs de weg alsof er bermen vol wilde bloemen stonden. Een spleet in het wegdek leek op de kromming van een esdoorn. De wolkenkrabbers van Wall Street staken in het zuiden arrogant de lucht in. Bij een messenmakerij lagen tientallen messen uitgestald: zakmessen in rood email, gekartelde broodmessen, vlees- en hakmessen achterin en zes mooi bewerkte dolken, ingelegd met been.

In de deuropening van een vishandel stond een broodmagere vrouw luidkeels bezwaar te maken tegen de onmenselijke behandeling van de amfibieën. Schildpadden die levend werden ontdaan van hun schild en in stukken werden gehakt. Zielige kikkers in overvolle aquaria. De demonstrante schreeuwde en roerde met haar protestbord door de mistflarden. Achter haar lagen rijen kreeften wezenloos op bergen fijngemaakt ijs, hun scharen vastgebonden met dik elastiek.

Om de hoek kwam Domingo langs een cafetaria waar ze dumplings verkochten voor het ontbijt. De ober zei dat hij

de toekomst kon voorspellen aan de hand van de vouwen
in de dumplings, evenals de winnende getallen van de lote-
rij. 'Voor maar vijftig cent extra,' zei hij. Maar Domingo
sloeg het aanbod beleefd af.

De hete thee verwarmde hem. Domingo hield zijn gezicht vlak boven de dampende beker en keek naar de con-
densdruppeltjes op het topje van zijn neus. Hij deed er
suiker in, die meteen oploste. Zijn vader had hem verteld
dat je bij het werk op de suikerplantage vooral de geesten
die daar rondhingen gunstig moest stemmen. Ontsnapte,
gevangen en in de ketenen geslagen geesten, met zwerende
enkels en vodden om het lijf. Of de minder treurige geesten
van zelfmoordenaars die zich in hun zondagse kleren van
kant hadden gemaakt.

Domingo prikte met zijn eetstokjes in de dumplings. Er
waren geen duidelijke berichten voor hem, althans geen
berichten die hij kon lezen. Ze waren heet en sappig, met
precies genoeg bosui.

Buiten leek alles te vallen en weggespoeld te worden
door de ochtendregen. Domingo proefde zout in de lucht,
rook de piramides van gember, de bergen waterkers, het
geroosterde vlees van de eenden in de grill. Hij herinnerde
zich dat na elke regenbui allerlei slakken te voorschijn
kwamen in hun tuin in Guantánamo, slakken in alle kleuren van de regenboog of met iriserende strepen. Ze waren
zo prachtig dat ze eigenlijk giftig zouden moeten zijn,
maar ze waren eetbaar en erg lekker. Hij verzamelde de
slakken samen met zijn vader, haalde ze voorzichtig van
de bladeren of de bast van de palmbomen. Geroerbakte

slakken met peultjes was een van Papi's specialiteiten.

Het was nog maar zeven uur, maar er liepen al massa's mensen op straat. Domingo liep naar het metrostation in Canal Street. Een blinde man klom de trap op en telde de treden – achttien, negentien, twintig – terwijl Domingo naar beneden liep. Er steeg een golf warme lucht op uit het station. Op het perron stond een lawaaiig groepje Chinese schoolkinderen in blauwe, gesteven uniformen. Ze waren op weg naar de dierentuin, hoorde Domingo een van hen zeggen.

Voor de revolutie was zijn vader een keer met hem naar het rondreizende circus in Santiago de Cuba geweest om daar de exotische eigenaardigheden te bekijken: het Amerikaanse Paardmonster, de Wonderbaarlijke Gorillajongen, het Geletterde Varken uit Londen. Dat varken, herinnerde Domingo zich, hield een woordenboek tussen zijn hoeven en knikte daarbij plechtig met zijn kop.

Het licht uit de kale TL-buizen brandde fel. Domingo kreeg er pijn van in zijn ogen, net als toen hij als kind weleens te lang naar de zon keek. Hij hoorde de elektriciteit tikken in de dikke kabels van het station. De vonken spoten van de wielen van de trein op de rails aan de overkant. Toen reed zijn trein het station binnen.

Een half uur later stapte Domingo uit bij 110th Street en liep naar de kathedraal van de Heilige Johannes. Overal stonden steigers. Mannen in overalls restaureerden het plafond en de gotische koepels. Domingo doopte drie vingers in het wijwater en sloeg twee keer een kruis. Hij moest even wennen binnen, door het licht dat vertekend was door de immense gebrandschilderde ramen.

Voor in de kathedraal, rechts van het altaar, was een zijnis met een altaartje voor de Heilige Maagd Maria. Op een bedje varens aan de voeten van haar beeld lagen een paar verwelkte rozen. Domingo ging op de derde bank zitten en vouwde zijn handen. Hij wilde bidden, maar hij wist niet goed waar hij om moest vragen. Mamá had hem eens verteld dat de Maagd een zwak had voor asceten, verschoppelingen en vergeten mensen, maar dat ze ook wel minder ernstige gevallen op zich nam als haar daarom werd verzocht.

Domingo staarde naar de Maagd en vroeg zich af of ze er weleens naar verlangde om deel te nemen aan het gewone, alledaagse leven. Zouden bovenaardse wezens eigenlijk wel jaloezie kunnen voelen? Misschien zou ze op aarde wel helemaal op het verkeerde pad komen; winkels overvallen en zakken donuts stelen voor onderweg. Misschien zou ze samen met haar vriendinnen een bende beginnen, een bende moordzuchtige maagden uit Guadeloupe, Regla, Lourdes (De Maagd van Regla was trouwens wel een stuk). *¿Y por qué no?* Domingo stelde ze zich voor in leren jasjes en met zonnebrillen, laarzen tot hier en een kraai op hun schouders in plaats van de Heilige Geest.

Hij boog schuldbewust zijn hoofd en verwachtte al half dat hij door een stelletje woedende heiligen de kerk uitgesmeten zou worden. Toen keek hij heimelijk weer naar de Maagd. Hij zag dat ze met haar linkervoet de kop indrukte van een afzichtelijke slang, waarschijnlijk Satan. Ze had mollige, roodgeverfde tenen. Hij kreeg zin om erop te zuigen.

Domingo dacht terug aan de keer dat zijn oudere stief-zus hem had gestreeld toen ze in Guantánamo op bezoek was. Mariana Quiñones speelde harp in het gemeentelijk orkest van Oriente. Met haar tinkelende rinkelstem en haar eeltige vingertoppen had ze Domingo's *pinguita* uit zijn korte broek getoverd. Hij was toen nog maar acht, maar hij had Mariana bezworen dat hij heel goed een ge-heim kon bewaren.

Domingo woonde maar een paar straten verderop. Hij liep de vier trappen op naar het appartement waar hij met zijn vader woonde. De muren van het trappenhuis waren in een viezige vaalroze kleur geschilderd. In de hal stonk het naar vlees. De Vietnamveteraan die verderop in de gang woonde was natuurlijk weer zijn wekelijkse portie rundvlees aan het braden. Hij had Domingo weleens ver-teld dat hij, sinds hij terug was uit Vietnam, niets anders meer had gegeten dan hamburgers, honderd procent Amerikaans.

Er waren nog meer veteranen in deze buurt. Spookach-tige figuren die iedereen afschrikten die toevallig hun kant opkeek. Críspulo ('Crispy') Morán was teruggekeerd uit Danang zonder zijn beide benen; hij miste ook een stuk van zijn schedel, wat hij probeerde te camoufleren met een oude bebop-hoed. Domingo vroeg zich weleens af of Cris-py zijn ballen nog wel had, maar dat durfde hij hem niet te vragen. Crispy vond het leuk om duiven te schieten in Morningside Park en die dan vol te proppen met de gele rijst van zijn *mami*. Soms snoof hij cocaïne van de armleu-ning van zijn rolstoel tot zijn hersens begonnen te koken en hij alleen nog maar onzin uit kon kramen zoals: *De lucht is daar godverdomme veel hoger dan hier.* Papi was vroeg vertrokken naar zijn werk in de ijsfabriek in de Bronx. Hij was vast kwaad op Domingo omdat hij hem ongerust had gemaakt. Maar Domingo had er genoeg van om altijd voor zijn vader te moeten zorgen. Papi vertikte het gewoon om boodschappen te doen of zijn kleren te wassen en hij moest er altijd aan herinnerd worden dat hij zijn medicijnen moest innemen.

Domingo douchte zich met de amandelzeep die Mamá hem had gegeven voordat hij uit Cuba was vertrokken. Door de hete stoom werd de geur van de zeep nog sterker. Hij dacht aan de bolero's waar ze naar luisterde terwijl ze baby's ter wereld hielp, aan de rum die ze elke avond uit hetzelfde groene glas dronk. 's Morgens was Mamá in een rothumeur en greep ze vaak een schoen of de harde, zwarte paraplu om Domingo een lesje te leren. Hij begreep nooit waarom.

Domingo trok zijn uniform aan, want hij had ochtenddienst in de Havana Dragon. Hij vond het leuk dat zijn naam op het overhemd stond in mooie, rode, geborduurde letters (nog meer aanstellerij, had Papi afkeurend gezegd). Hij kamde zijn haar glad achterover, zonder scheiding, en knipte zijn vingernagels. Toen schreef hij een briefje voor zijn vader en legde het op de keukentafel. Hij deed de voordeur op het nachtslot en liep haastig de trap af, waarbij hij erop lette dat hij niet de vettige trapleuning aanraakte. Hij was tien minuten te laat.

Zijn baas wachtte al op hem in het restaurant. Guiomar Liu woonde al dertig jaar in New York, maar Domingo sprak na negen maanden al beter Engels dan hij. Domingo zat op Engelse les, twee keer per week op een openbare school in de buurt. Hij vond het een prachtige taal. Zijn lerares, Miss Gilbert, zei dat Domingo het Engels een heel bijzonder ritme gaf. Hij voegde er een tikje *guïro* aan toe, wat *pa-pa-pá* van de bongo's en wat vrolijk schallende *timbales*.

Domingo had gemerkt dat als je een taal pas op latere leeftijd leerde, je die nooit met zoveel snelheid en pit kon spreken als je moedertaal. Maar zou het ook zo zijn dat je de ene taal moest zien te vergeten voordat je je de andere echt eigen kon maken? Thuis had Domingo graag mariene biologie willen studeren. Hij kende de naam en de gewoonten van elke vis, elk weekdier, schaaldier of sponsachtige in de wijde omtrek. Wat had hij daar nu nog aan?

Vorige maand was Liu voor het eerst ook ontbijt gaan serveren in de Havana Dragon. Hij had de ramen volgehangen met handgeschreven borden: twee gebakken eieren met ham en koffie, 99 cent, Spaanse omelet met rode peper voor een dollar meer, bij spekpannenkoeken werd een gratis glas karnemelk geserveerd. Maar veel klandizie was er nog steeds niet. Als jongen had Domingo zijn eten altijd uitgekozen vanwege de structuur, niet vanwege de smaak. Glibberig eten was het beste: avocado's, tomaten, spaghetti met boter. Misschien dat hij ooit zelf een restaurant zou beginnen waar hij alleen maar oesters zou serveren.

Zijn vader was zeventien jaar lang kok geweest op de Amerikaanse marinebasis in Guantánamo. Eén keer per jaar nam hij Domingo mee naar zijn werk, meestal op de vierde juli. Hij had die Amerikanen reuzen gevonden: een totaal andere mensensoort. Maar hij was wel gek op hun uniformen, de parades en de chocoladelolly's die iedereen hem gaf. En hij was enorm onder de indruk van de voorraden: muren die van de vloer tot het plafond waren volgestapeld met blikken perziken op zware siroop.

In het weekend nam Papi vaak lendenbiefstuk mee, emmers vol aardappelpuree of doperwten met boter – restanten van de officiersdiners. Domingo zat vaak op de veranda van hun witgeschilderde huis vlak bij Parque Martí op zijn vader te wachten, terwijl hij over de wervel van een geluksvis wreef die hij in zijn broekzak had. Dat was vóór de revolutie. Daarna weigerde Mamá om ook maar één hap te nemen van het eten van de yankees, ook toen Papi zijn koksmuts opzette en cheeseburgers bakte op het feestje voor Domingo's tiende verjaardag. Als Domingo 's avonds in bed lag, hoorde hij zijn ouders vaak heftig ruziemaken.

Toen de officieren van de revolutie zijn vader hadden bevolen om zijn baan bij de Amerikanen op te zeggen, had Papi dat geweigerd. Was hij ecn verrader omdat hij in hun keuken werkte? Zelfs de heftigste donderpreek van het Comité voor de Verdediging van de Revolutie had hem daar niet van kunnen overtuigen.

In zijn lunchpauze ging Domingo een eindje wandelen langs de rivier de Hudson. De lucht was laag en betrokken. Welige geuren kringelden omhoog uit de aarde, af en toe afgewisseld met een prikkelend, onverwacht aroma. Hij keek naar twee zeilboten die in tegenovergestelde richtingen over het water gleden. Domingo had de contacten van zijn vader op de marinebasis gebruikt om Papi en hemzelf van Cuba weg te krijgen. Eindelijk hadden ze het eiland achter zich kunnen laten. Maar wat was nu hun wereld? Waar hoorden ze nu bij? Was het mogelijk, vroeg Domingo zich weleens af, om tegelijk gered en vernietigd te worden?

Hij wist niet precies of hij er echt spijt van had dat hij uit Cuba was vertrokken, maar hij miste het nog steeds, inclusief de bijna lachwekkende diefstallen. Vorig jaar moest zijn oom, Tío Eutemio, zijn conga's inleveren. De autoriteiten in Guantánamo hadden besloten dat de trommels tot het cultureel erfgoed behoorden, omdat ze nog van Domingo's oudoom waren geweest, de legendarische El Tumbador. Nu stonden de conga's in het volkenkundig museum, waar *el pueblo* ze wel kon bewonderen, maar nooit meer hun *boem-tak-tak-a-tak* kon horen.

De meeste mannelijke familieleden aan moederskant waren tot ver in de geschiedenis *congueros* en *batá*-drummers geweest. Op Cuba was de naam Quiñones synoniem voor ritme. Zijn ooms en tantes werden veel gevraagd voor de *toques*: heilige ceremonies waarbij de goden uit de hemel gelokt werden. Als hun trommels begonnen te praten, hielden alle aanwezige godheden op met hun hemelse geharrewar en kwamen ze lekker meedansen en plezier maken.

Domingo had zelf geen aanleg, maar hij was wel een hartstochtelijk luisteraar. In Guantánamo waren overal trommels: op elke straathoek, in bandjes, op feesten en *fiestas de santos. Kimpá, kimpá, kimpá.* Zijn moeder zei dat drummen voor zwarten was die niet werkten en te veel dronken, waarmee ze natuurlijk haar broers en ooms bedoelde. Maar Domingo trok zich daar niets van aan. *Tinkitín, tinkitín.* Als hij naar de drums luisterde, voelde hij zich lekker.

Tegen etenstijd werd het drukker. Toen er verderop een bioscoop uitging, kwam er een heel groepje klanten de Havana Dragon binnen. Het regende en de mensen schudden zichzelf uit als een stelletje honden. Het vocht deed de ruiten beslaan. De hemel werd verlicht door geelroze bliksemflitsen. Domingo was gek op onweer, vooral als hij er midden in de nacht wakker van werd. Het idee dat de natuur gewoon doorging terwijl hij sliep, stelde hem altijd gerust.

Toen de onweersbui was weggetrokken, kwam er een beroemde trompettist langs voor *cafesito* en een plak cake. Hij was leider van een van de beste bands op het eiland geweest, totdat hij in 1962 was uitgeweken. De trompettist had een sjofel pak aan en droeg een wollen muts die hij ver over zijn voorhoofd had getrokken. Zijn vingers waren lang en doorschijnend. Op zijn bordje ontstond langzaam een bergje as van zijn sigaretten.

> *Que te importa que te amé*
> *Si tú no me quieres ya?*
> *El amor que ha pasado*
> *No se debe recordar...*

Om half negen kwamen twee politieagenten de Havana Dragon binnen, op zoek naar Domingo. Hij zag dat ze met Liu spraken voordat ze naar de keuken kwamen. De kleinste nam zijn pet af. Zijn haar was knalrood en zó kortgeknipt dat het rechtop stond. Toen hij zijn knokkels liet kraken, kreeg hij helemaal iets elektrisch. De agent zei dat Domingo's vader van een metroperron was gesprongen bij Jerome Avenue in de Bronx. Een stuk of tien mensen hadden hem zien springen, onder wie de machinist van lijn 4. Hij had twee blauwe plekken op zijn hoofd, maar van de rest van zijn lichaam was niet veel over. Of Domingo met hen mee kon gaan naar het mortuarium om de stoffelijke resten van zijn vader te identificeren.

Domingo had het gevoel dat alle spieren in zijn keel samenknepen. Hij wilde iets zeggen, maar hij kon het niet onder woorden brengen. Hij kon alleen maar denken aan de vragen die hij Papi als kind altijd stelde, vragen waar zijn vader hoofdschuddend om moest lachen. *Hoe ziet afstand eruit? Wie heeft de tijd ontdekt? Waar is geluid van gemaakt? Doet pijn iedereen even zeer?*

Zijn vader had gisteren nog geleefd, dacht Domingo. 's Ochtends was Papi naar het metrostation op Broadway gesjokt, met zijn kreeftenvuisten in zijn kinderwanten en zijn voeten met die dikke sokken in zijn goedkope gymschoenen. 's Middags was hij thuisgekomen, met kloofjes in zijn paarse handen en zijn ineengekrompen lichaam. Hij had geroerbakte kool met garnalen gemaakt. Voordat Domingo naar zijn late dienst was gegaan, had hij zijn vader als een kind uitgekleed en in bed gestopt.

De suikeroogst van La Amada

Buiten zag de straat er na de regenbui dampend en heel anders uit. De zieke eik die voor het restaurant had gestaan was weg. Vorige week waren er mannen in blauwe overalls gekomen met helmen en elektrische zagen die de boom systematisch in stukken hadden gezaagd. In New York was het altijd goedkoper om iets dood te maken dan om het te redden. Hij stopte een menthol hoestpastille in zijn mond en zoog erop tot er niets van over was. Het voelde branderig tegen het kleine zweertje in zijn wang dat maar niet wilde genezen.

De geluksvondst

Een negerin (met haar eerste kind), jong en flink, zes weken geleden bevallen, goede en overvloedige melk, zeer goede kokkin, basisvaardigheden naaien, uitstekende dienstmeid, meerdere bekwaamheden, gezond en geen slechte eigenschappen. Te bevragen: Calle San Juan de Dios nr. 84.

Kort nadat hij de advertentie had gelezen in *El Diario de la Marina*, sloot Chen Pan zijn tweedehandswinkel en ging op weg naar de Calle San Juan de Dios om de slavin en haar kind te bekijken. Hij had weleens eerder advertenties gezien waarin slaven te koop werden aangeboden, naast beloningen voor het terugbezorgen van weggelopen bedienden of advertenties voor paarden en ploegen. Maar een moeder die samen met haar kind te koop was, dat nog nooit.

De zon brandde fel en prikte door Chen Pans nieuwe panamahoed. De regenboog van zonneschermen langs de straat bood alleen tijdelijk verkoeling. Chen Pan zou een *volante* hebben kunnen huren om hem naar de andere kant van de stad te brengen, maar hij wilde liever lopen. Een paar aan elkaar geketende slaven kwamen ratelend aangesjokt over de keien; spelende kinderen stoven uiteen en een verdwaalde papegaai die in het zand zat, vloog krijsend weg. Chen Pan voelde aan het zakmes dat hij in zijn vestzak had en staarde naar de opzichter. Zijn tijd zou nog wel komen, misschien wel eerder dan de *criollos* vreesden.

De straatventers gingen rond met verse okra, sterappels, suikerboontjes, parkieten en varkenspoten. Er waren loterijbriefjes te koop en potten met vruchten die waren ingemaakt door de *mulatas* op het platteland. Een slangenmens zat op een klein stukje tapijt, helemaal verwrongen als een *buñuelo*. Een ander verkocht *cocullos*, enorme vuurvliegen, zes voor vijfentwintig cent. Ezels met muilkorven van touw waren met kop en staart aan elkaar vastgebonden en waren nauwelijks zichtbaar onder hun enorme last. Overal waar Chen Pan kwam, hing de vettige geur van gezouten rundvlees.

Een Chinese venter slenterde voorbij met zijn geroosterde pinda's: '*¡Mani tosta'o caliente, pa' la vieja que no tiene dientes!*' Een nieuwkomer met een gevlochten staart liep met precies zo'n mandje achter hem aan. '*¡Lo mismo!*' riep hij. 'Die van mij ook!' Andere Chinezen verkochten groenten die ze in mandjes aan bamboestokken met zich meedroegen. Een broodmagere man met te grote slippers aan verkocht bleekgroen aardewerk, dat tijdens het lopen zacht rinkelde. De gemberverkoper knikte naar Chen Pan. Anderen deden hetzelfde. Iedereen in Chinatown kende hem.

Zijn vaste klanten noemden hem *un chino aplatanado*, een Chinese transplantatie. De mensen die net vanuit China waren aangekomen, wilden allemaal op hem lijken en net zo rijk en onbevreesd worden als hij. Chen Pan hoorde hartverscheurende verhalen van deze nieuwkomers. Ze vertelden over hongersnood en burgeroorlog. Langharige rebellen maakten alles kapot. Jongens werden gekidnapt en tegen hun wil achter hun ploeg weggehaald. Muiterij op zee. Dodelijke zeereizen. Duivelsschepen. Op een van de schepen was aan boord alleen maar rijst te eten. *Ze dachten dat we alleen maar rijst aten!*

Zes jaar geleden was Chen Pan het oerwoud uitgekomen, op de dag dat hij de *jutía* had gedood. Hij had zijn vlecht afgesneden en de hoop opgegeven ooit nog naar zijn dorp terug te keren. Na twee jaar werken op de plantage en een gevecht van bijna een jaar met de geest van zijn moeder kon niets meer tegenvallen. Het had vier maanden geduurd voordat hij genoeg geld had gespaard om naar de hoofdstad te reizen – met schroot sjouwen, kemphanen verzorgen, en verwoed gokken. Chen Pan begreep niet wat zijn eerste blik op Havana, met die verleidelijke golvende kustlijn, precies met hem had gedaan, alleen dat hij, vanaf het moment dat hij hier aankwam, wist dat hij hier thuishoorde.

In de Calle Barcelona kocht Chen Pan een sigaar die twee keer zo lang was als zijn middelvinger. Hij brandde langzaam en gelijkmatig en verwarmde zijn longen terwijl hij verder wandelde. Een knappe vrouw in een zijden jurk stapte op de hoek van de Calle Villegas uit haar rijtuig, met verscheidene bedienden in haar kielzog. Op de bok zat een *calsero*, met een rood jasje en glimmende zwarte laarzen. De vrouw wuifde even met haar zijden waaier voordat ze met haar entourage de apotheek binnenging.

Vijfendertig peso voor die waaier, dacht Chen Pan, misschien veertig als hij er nog als nieuw uitzag. Overal waar hij kwam, bedacht Chen Pan een prijs voor alles wat hij zag. Vroeg of laat kwam het toch in zijn winkel terecht.

In De Geluksvondst verkocht hij allerlei erfstukken en curiosa: oude komforen, gepoederde pruiken van rechters die allang overleden waren, Frans porselein, wapenschilden, gipsen heiligenbeeldjes met verbleekte gelaatsuitdrukkingen, patriarchale bustes (meestal zonder neus), lijsten met houtsnijwerk en een bonte verzameling kostuums en accessoires. Zo af en toe schuimde Chen Pan de straten af naar verloren of achtergelaten juweeltjes, maar de laatste tijd was er weinig meer te vinden. Hij las altijd de overlijdensadvertenties, op zoek naar de doodsberichten van vermaarde mannen, om vervolgens met een zak geld hun weduwen te bezoeken en aan te bieden de schulden van hun overleden echtgenoten te betalen in ruil voor hun schatten.

Chen Pan was begonnen met het opknappen van meubels en andere spullen die hij in de straten van Havana vond. De ene dag repareerde hij een kapotte ladekast of poetste hij een verroeste kan en de dag daarna zette hij nieuwe zolen op een paar rijlaarzen. Daarna trok hij met zijn oude, houten handkar vol opgeknapte spullen langs de deuren. 's Nachts sliep hij in de Calle Baratillo, vlak bij het paleis waar de graaf van Santovenia ooit een feest van drie dagen gaf dat eindigde met een ballonvaart bij zonsondergang.

Op een vroege zondagochtend had Chen Pan een roofoverval op de graaf verijdeld. De graaf had hem als beloning levenslange protectie aangeboden. Chen Pan had toen zijn winkel geopend, van het geld dat hij had gewonnen met *botón* en met steun van de graaf.

Er waren destijds maar een paar zaken in de Calle Zanja, voornamelijk fruitstalletjes en wasserijen. Nu waren er vier Chinese restaurants, een schoenmaker, een kapper, een paar groentezaken en een delicatessenwinkel waar Chen Pan altijd gedroogde inktvis en eendenpoten kocht. Gestoomde dumplings haalde hij bij Paco Pang (De Schrik van Elke Hond, zoals iedereen die zaak noemde). En voor zijn rode wijntje was Chen Pan vaste klant bij De Bodemloze Beker, want daar serveerden ze de beste ingemaakte eieren.

Chen Pan zag een jonge harpiste die een valse melodie speelde achter de *rejas* van haar landhuis. In Havana waren de ramen van alle mooie huizen versierd met smeedijzeren traliewerk. Op de plantages sloten de *criollos* de slaven op, maar hier in de stad sloten ze *zichzelf* op. Tegen wie probeerden ze zich eigenlijk te beschermen? Chen Pan begreep hen maar al te goed. Zonder er verder over na te denken beroofden de *criollos* anderen van het leven om hun eigen voortbestaan te verzekeren. En daarbij veranderde slecht op de een of andere manier ineens in goed.

In de tuin van een ander huis stond een dubbele rij ro-
tan schommelstoelen (negentig peso als ze in goede staat
verkeerden), met roddelende vrouwen van alle leeftijden.
Een paar van hen haalden ivoren kammen door hun haar.
Anderen zaten te borduren of keken met geveinsde des-
interesse naar de voorbijgangers. De vrouwen zagen er
heel onschuldig uit, maar ze konden even slecht zijn als
de mannen. (Hoeveel onschuldige slaven zouden er om
het leven zijn gebracht door de beschuldigingen van deze
verfijnde dames?) Tegen de schemering gingen ze in wolken van kant en parfum in hun rijtuigen over de Paseo Pra-
do naar de Plaza de Armas, waar het geurde naar gardenia's; daar luisterden ze naar een militaire kapel die polka's
en marsen speelde.

Een *chino* zoals Chen Pan in een wit linnen pak en met
panamahoed was een even grote bezienswaardigheid als
een pratende aap of een schaap in rokkostuum. Veel mensen keken hem kwaad aan en wendden dan hun blik af. De
Spanjaarden waren het ergst: zij bekogelden de Chinezen
vaak met stenen. Chen Pan was echter te netjes gekleed
voor zulke bedreigingen. (Hij vond het heel belangrijk om
zich goed te kleden.) En de politie, die goedverzorgde Chinezen vaak arresteerde op beschuldiging van illegaal gokken, had strikte orders van de machtige De Santovenia's
om hem met rust te laten.

Chen Pan wist dat de Cubanen liever hadden gehad dat
hij nog voor hen op de velden werkte, of knoflook verkocht
langs de deuren. De manier waarop ze tegen hem spraken

– en verwachtten dat hij tegen hen sprak – maakte hem woedend. Maar Chen Pan had geleerd om zijn woede te beheersen. Een sierlijk tikje tegen de rand van zijn hoed was verontrustender voor de vijand dan een stroom verwensingen, en bovendien was een vergelding daarvoor onmogelijk.

De *criollos* hadden andere manieren bedacht om gebruik te maken van de Chinezen. Ze wendden zich tot de kruidendokters en acupuncturisten van de Calle Zanja als hun eigen remedies niet mochten baten. Iedereen wist dat *los chinos* speciale zalfjes hadden voor pijnlijke gewrichten, wortels die een abortus konden opwekken en zaden die de ingewanden van parasieten konden ontdoen. En hun in het vuur verhitte naalden boden verlichting in de ergste gevallen van jicht.

Het huis waar het slavenmeisje werkte, was pas geschilderd. Geel met lavendelblauw. Gelukskleuren, dacht Chen Pan. Naast het huis stond een klooster met bouwvallige muren, waar de duiven tussen de oude stenen huisden. De klok in de kloostertoren sloeg twaalf keer toen Chen Pan op de deur klopte. Nog even en heel Havana zou zich overgeven aan de siësta.

Don Joaquín Alomá leek verbaasd om Chen Pan te zien. Hij bekeek hem eens goed en vroeg meteen duizend peso voor zijn slavin en haar baby. Chen Pan voelde dat hij hem een oor wilde aannaaien.

'Ik wil het meisje graag eerst zien,' zei hij. 'En het kind ook.'

Even later duwde don Joaquín het meisje naar voren. 'De melkboer kun je wel afzeggen met zo'n koe in huis.'

Duizend peso was te veel, wist Chen Pan, maar voor deze keer besloot hij niet af te dingen. Hij keek naar de voeten van het meisje, waar een eeltlaag van twee centimeter onder zat. Heel wat anders dan de verschrompelde lotusvoetjes van zijn moeder. Ze heette Lucrecia. Ze had lange benen en brede heupen en op een van haar slapen zat een stervormig litteken.

'Hoe kom je daaraan?' vroeg Chen Pan.

'Ze heeft vaak ongelukjes,' antwoordde don Joaquín. 'Maar maak je geen zorgen, ze doet alleen zichzelf zeer.'

'Hoe heet je kind?' Chen Pan probeerde de blik van het meisje te vangen, maar ze hield haar hoofd te diep gebogen.

Don Joaquín greep de jongen en duwde hem Chen Pan in de armen. 'Kijk, hij huilt nooit. Over een paar jaar kun je hem ook aan het werk zetten. En als je een paar keer een jonge nikker bij die moeder laat, heb je straks genoeg werkkracht voor je eigen plantage!'

Chen Pan negeerde hem. Als hij het meisje kocht en haar een klein salaris betaalde, zou ze dan nog steeds als slaaf worden beschouwd? Het zou heel handig zijn als hij een vrouw had om het huis schoon te maken en zijn eten te koken. Misschien kon hij haar zelfs leren om hem in de winkel te helpen. Chen Pan stond op het punt om zijn Spaanse assistent te ontslaan. Federico Véa werkte niet hard en hij wilde geen telraam gebruiken omdat hij alles per se uit het hoofd wilde uitrekenen. Maar wat Chen Pan vooral niet beviel, was de lijzige manier waarop Véa elk woord in zijn mond liet rollen.

Don Joaquín schraapte zijn keel terwijl hij Chen Pans geld telde op de massieve mahoniehouten tafel (vijfhonderd peso, minstens). Toen gaf hij hem het eigendomsbewijs. 'En nou wegwezen, vieze *chino*!'

Chen Pan draaide zich om en keek naar het meisje. '*Vámonos*,' zei hij.

Lucrecia wikkelde haar zoon in een stuk flanel en liep achter Chen Pan aan naar buiten.

Buiten was het erg benauwd. Lucrecia keek naar het klooster, waar een oude non, zo wit als een zilverreiger, vanaf een balkon bemoedigend naar haar knikte. Chen Pan zag een moedervlek ter grootte van een peperkorrel in Lucrecia's nek, vlak onder de rand van haar blauwe, katoenen tulband. Achter haar hingen dunne wolksliertjes in de blauwe lucht.

'*¿Como se llama?*' vroeg Chen Pan weer, terwijl hij zijn gezicht vlak voor dat van het jongetje hield. Zijn ogen waren bruin en alert, net twee koffieboontjes.

'Víctor Manuel,' fluisterde ze.

Lief konijntje! Misschien, dacht Chen Pan, kon hij doen alsof hij de vader was. Hij wees het jongetje twee kraaien aan die in een broodvruchtboom zaten, maar Lucrecia bedekte zijn gezichtje en sloeg twee keer een kruis. Chen Pan vroeg zich af wat voor onzin de nonnen haar hadden geleerd. In Chinatown werd hij voortdurend door zendelingen lastiggevallen over hun god, Jezus Christus. Maar Chen Pan wantrouwde alle vormen van vaste overtuiging.

Lucrecia liep achter hem aan door de straten en bleef steeds drie of vier passen achter hem. De winkels waren al aan het sluiten voor de ergste hitte. Venters verdrongen zich om Chen Pans aandacht: mandarijnen, gedroogd slangenvlees, verse eieren van het platteland. Allemaal zetten ze hun koopwaar neer om naar hem en Lucrecia te staren terwijl ze langskwamen.

'Donder toch op allemaal!' beet Chen Pan hen toe terwijl hij boos terugkeek.

Chen Pans huis stelde niet veel voor, niet vanbuiten en niet vanbinnen. Hij bewoonde drie kamers boven De Geluksvondst. Op die manier bespaarde hij geld, kon hij meer spullen voor in de winkel kopen en andere *chinos* geld lenen tegen een geringe vergoeding. Chen Pan geloofde dat het geluk bracht als je wat geld om je heen uitzette. Het geld oppotten was vragen om moeilijkheden. Hij had zijn woonruimte spaarzaam ingericht: een hardhouten tafel met een stoel, een ijzeren bed met een lattenbodem, een waskom en een versleten fluwelen divan die hij in de Calle Manrique had gevonden. In de keuken had hij een klein altaar gemaakt voor Boeddha.

Als huisdier had hij een vrouwtjeseend, die hij Mevrouw Ban noemde. Ze beschermde de houten balken door de termieten op te eten en 's nachts bewaakte ze de winkel. 'Het zachtste gestommel en Mevrouw Ban komt in het geweer,' vertelde hij iedereen. 'Ze is net een kleine Mantsjoesoldaat!'

'We eten de eend niet op,' zei Chen Pan tegen Lucrecia. Hij wees naar Mevrouw Ban en zei met veel nadruk: 'Die eend is niet om op te eten.' Maar hij wist niet zeker of ze wel begreep wat hij zei. Ze had nog geen woord gezegd sinds hij haar aan de Calle San Juan de Dios had gekocht.

'*¿No entiende?*' vroeg Chen Pan ongeduldig. Als antwoord staarde ze hem alleen maar aan. Welke taal zou hij met haar moeten spreken? Chen Pan liet Lucrecia de ondiepe pan met zand zien waarin Mevrouw Ban haar behoefte had gedaan. Die moest om de dag worden schoongemaakt, zei hij tegen haar.

Wat was het toch vreemd, dacht Chen Pan, dat je met een bepaald idee voor ogen ergens aan begon – naar Cuba varen om zóveel geld te verdienen dat je als belangrijk man naar huis kon terugkeren, bijvoorbeeld – en dan uiteindelijk een totaal ander leven kreeg. Dit zou in China nooit kunnen gebeuren. Daar was de toekomst altijd een trouwe voortzetting van het verleden.

Lucrecia wiegde de baby terwijl Chen Pan haar hun kamer liet zien. 'Rust maar uit,' zei hij en wees naar het doorbuigende bed vlak bij het raam. 'Deze kamer is voor jou en je zoon.' Ze ging op de rand van het bed zitten. Haar door de melk opgezwollen borsten drukten tegen haar katoenen jurk. De baby gaapte zo uitbundig dat zijn kleine mondje ervan trilde.

Chen Pan ging naar beneden. Tijdens zijn afwezigheid had zijn Spaanse assistent de winkel geopend en een stoffig olieverfdoek en een zeventiende-eeuwse landkaart verkocht aan een toerist uit Boston. Samen honderdzestig peso. Chen Pan was blij, hoewel hij vermoedde dat de opbrengst hoger was geweest en Véa een deel ervan in eigen zak had gestoken.

Hij nam het geld aan en liep naar de markt, naar een kraampje waar ze speelgoed en babykleertjes verkochten. Chen Pan koos een houten trein, een stoffen speelgoedpaardje met een geverfde mond, kalfsleren schoentjes en een minuscuul linnen pakje. Hij vroeg om alles over een uur bij hem thuis te bezorgen.

Daarna ging hij naar een stoffenkraam. *Basisvaardigheden naaien.* Chen Pan probeerde te bedenken welke frutselige kleren hij de hoeren aan de Calle Rayos had uitgetrokken. Volumineuze jurken met eindeloze linten en strikken. Satijnen korsetten met baleinen. Kanten petticoats. Tournures die hun *nalgas* lieten opbollen. Onder dat alles zijden kousen tot boven de knieën. Zoveel knoopjes en strikjes om los te maken dat onhandige mannen er gek van werden.

Chen Pan had gelukkig behendige vingers. De dames waren op hem gesteld. Bolle mollige meisjes, daar hield hij nu van. Hij vond het vreselijk om ribben te voelen. Hij nam altijd de wat oudere, vanaf vijfentwintig jaar. Hij betaalde geen tweehonderd peso voor een maagd, zoals sommige vrienden van hem deden. Dat vond hij geldverspilling. De dames prezen Chen Pan omdat hij hun kleren niet kapot scheurde. En nooit te hard stootte. Hun gladde tijger uit China. Hij bezorgde hun nooit blauwe plekken.

Chen Pan kocht veertig meter gingang en twintig meter mooie paarse satijn. Allerlei linten en frutsels voor de onderkleren. Een fonkelnieuwe schaar. Een blikken doos met naalden, knopen en garen.

Op weg naar huis ging hij naar het restaurant Bendición

om vleespasteitjes, tamales en gefrituurde zoete aardappel
te halen. Chen Pan verbaasde zich steeds weer over de namen die de Cubanen voor hun winkels bedachten: La Rec-
titud, La Buena Fé, Todos Me Elogian. Hoe moest je dan
weten wat er daarbinnen werd verkocht? Hij was eens een
zaak binnengegaan die La Mano Poderosa heette, maar
had ontdekt dat ze daar alleen enorme Portugese kazen
verkochten.

Toen hij thuiskwam, had Lucrecia het huis schoonge-
veegd en was ze in de keuken een ui aan het snijden. *Zeer
goede kokkin.* Hij keek naar haar terwijl ze twee aardappelen schilde, in blokjes sneed en in een pan deed voor de
soep. Over een paar dagen zou hij haar leren om melkpud-
ding te maken voor zijn ontbijt. En in het voorjaar, als er in
Havana weer verse bamboescheuten verkrijgbaar waren,
zou hij haar die leren bereiden, in een grote aardewerken
pot met kokende rijst.

Er klonk een zacht gejammer uit de slaapkamer. Lucrecia ging naar haar zoon en legde hem aan de borst. Hij begon gretig te drinken en legde zijn vingertjes bezitterig op
haar borst. Chen Pan liet Lucrecia zien wat hij had gekocht
en wilde haar het satijn laten voelen. Ze keek niet naar de
stof. In plaats daarvan staarde ze hem weer aan, met ijzige,
samengeperste lippen.

Beneden werd er luid geklopt. Het was Federico Véa. In
De Geluksvondst was het stampvol toeristen uit Engeland
die zijn hulp nodig hadden. Chen Pan vermaakte zich weleens om de voorkeuren van de Britten: zilveren briefope-
ners met dieren of vreemde initialen erin gegraveerd. Het

leek wel alsof ze extra veel wilden betalen voor alles waar een varken op stond. Hij merkte op dat hun tanden klein en mossig waren, net als die van bosdiertjes.

Toen ze weg waren beklaagde Véa zich erover dat niets in De Geluksvondst een vaste prijs had. Hoe moest hij nu al die prijzen onthouden, die ook nog eens elk uur konden veranderen?

'Die varkens die je voor vijftig peso per stuk hebt verkocht, waren gisteren nog maar tien peso,' zei hij verongelijkt.

'Het is toch logisch dat ze duurder zijn geworden!' snauwde Chen Pan terug. 'De prijs is wat de klant wil betalen.'

Toen hij terugkwam in zijn huis, lag Víctor Manuel te slapen. Chen Pan legde de babykleertjes en het stoffen paardje voor hem klaar aan het voeteneinde van het bed. Lucrecia hield hem nauwlettend in de gaten.

'*¿Que quiere con nosotros?*' vroeg ze. Je zou een mes kunnen slijpen aan die stem.

'*Nada*. Ik wil niets.' Chen Pan wist niet of dat eigenlijk wel helemaal klopte, maar zou hij hen zomaar kunnen laten gaan?

Lucrecia at zwijgend, bedankte hem niet en ging stilletjes de afwas doen. Toen ging ze slapen, helemaal gekleed, opgekruld om haar zoontje heen, met haar stugge haar los over het kussen gespreid. Chen Pan liet de rode wijn staan die hij anders altijd dronk en ging op de fluwelen divan liggen. Voor het eerst stond hij erop dat Mevrouw Ban in de keuken sliep.

Hij dacht erover om naar Madame Yvette te gaan. Het was donderdagavond en dan was de voluptueuze Delmira uit Guinee er altijd. Misschien moest hij háár die rivier van satijn maar geven. Zij wist wel hoe ze hem daarvoor moest bedanken. Chen Pan dacht aan haar geur van natgeregende aarde, aan haar gloeiende dijen. Maar het meest hield hij ervan als ze met haar zachte, roze lippen elke centimeter van zijn *pinga* bewerkte voordat ze hem helemaal in haar mond nam.

Er scheen een heldere halvemaan door het raam. De wind ging tekeer, trok de bladeren van de palmbomen en veranderde de lucht. Chen Pan herinnerde zich dat jaren geleden een vreselijke storm de tarwevelden van zijn familie onder het stof geblazen had. Op diezelfde dag had zijn vader beweerd dat hij een toverkruid had gevonden waarmee hij alles kon onthouden wat hij las. Maar voordat hij de werking van dat kruid kon testen, waren de bandieten gekomen. Tegen de avond hakten ze met een zwaard zijn hoofd af en staken het op een stok, zodat het hele dorp het kon zien.

Als je je een storm kon herinneren, dacht Chen Pan bitter, bleef die voor altijd woeden.

Was Chen Pan gek geworden? Al snel werd dat rondverteld in Chinatown. In de loop van de volgende weken kreeg hij bezoek van zijn collega-kooplui, die hem van zijn ondoordachtheid trachtten af te brengen. Chen Pan luisterde naar hen en trakteerde ze als dank voor hun waarschuwingen op warme wijn in De Bodemloze Beker. Maar hij veranderde niet van gedachten.

'Er broeit te veel in dat hoofd van jou!' waarschuwde kruidenier Pedro Pla Tan hem. Hij raadde Chen Pan aan om een echte vrouw uit China te nemen of, beter nog, het nieuwe bordeel te bezoeken aan de Calle Teniente Rey. Met die slavin vroeg hij om moeilijkheden. Bij Madame Yvette was pas een Frans meisje gekomen, veertien jaar en echt blond, met een rood kanten slipje. 'Die buik van haar is net een rol nieuwe zijde,' verzuchtte Pedro Pla Tan.

De visboer, Benito Sook, citeerde Confucius, die had gezegd dat een man pas vanaf zijn zestigste naar zijn oren luisterde. Het was duidelijk, drong Sook aan, dat de oren van Chen Pan nog lang niet aan luisteren toe waren.

Sook en de andere middenstanders waren het erover eens dat Chen Pans sentimentele gedrag zeker tot een misvorming zou leiden. Zo was het hoofd van Evelio Bai door zijn voorliefde voor vleierij zó opgezwollen dat hij het nauwelijks rechtop kon houden. En de armen van Ramón Gu waren door zijn inhaligheid uitgegroeid tot een zeer onnatuurlijke lengte. En wat dacht je van het trieste geval Felipe Yam, die door zijn onnoemelijke luiheid zelfs borsten had gekregen?

Ja, de mannen waren het erover eens dat Chen Pan nog last zou krijgen van dit besluit. Op zijn minst zou hij rug pijn en een zere nek krijgen, duizelingen, een vertroebeld gezichtsvermogen en een uitgedroogde tong.

Op haar eerste ochtend in De Geluksvondst gooide Lucrecia een marmeren borstbeeld van een Spaanse generaal omver, waar de patriottistische Véa zó boos over werd dat hij ter plekke ontslag nam. Lucrecia veegde de stukken op en ging daarna verder met afstoffen in de duistere hoeken van de winkel. Maar steeds als ze zich omdraaide, gooide ze weer iets antieks op de grond. Alleen een bronzen olifant uit Marokko, die hulpeloos op zijn rug op de grond bleef liggen, kwam er met een klein deukje van af.

Hoe bestond het dat ze zo goed met een mes kon omgaan maar in zijn winkel zo onhandig was, vroeg Chen Pan zich af.

'Er hangt hier iets waar ik nerveus van word,' zei Lucrecia terwijl ze de eeuwenoude lucht die rond de spullen hing verstoorde met haar plumeau. Ze bleef volhouden dat de dingen in de winkel van Chen Pan hun narigheid aan haar opbiechtten. Het beeld van de Maagd van Regla walgde van de dronken beeldhouwer die op haar gezicht een rare grimas had gemaakt. En de kanten sluier die over die vergulde spiegel gedrapeerd was, was ooit van een flamenco-danseres geweest die haar linkerbeen was kwijtgeraakt door koudvuur.

'Domme meid!' onderbrak Chen Pan haar. 'Met die prullen praten!' Dagenlang had ze geen woord tegen hem gezegd, en nu dit?

Toen Lucrecia naar boven ging om eten te koken, legde Chen Pan zijn oor tegen de lippen van de Maagd. Maar tegen hem zei ze niets.

Een week later, toen zijn winkelvoorraad bijna helemaal in puin lag en het gekrijs van de baby hem op de zenuwen begon te werken (Chen Pan had inmiddels ook al heel wat antiquiteiten omgegooid of laten vallen), vroeg hij aan Lucrecia: 'Wat kun je eigenlijk nog meer?'

'Ik kan kaarsen maken,' zei ze. Dat had ze van de nonnen geleerd.

Chen Pan kocht alles voor Lucrecia wat ze nodig had om te beginnen. Dat was langzaam brandend koord voor de lonten, bijenwas, allerlei verfsoorten, een koperen ketel, buigzame schrapers en een houten droogrek. Hij maakte een werkplaats voor haar achter in De Geluksvondst.

Korte tijd hierna ventte Lucrecia haar kaarsen door heel Havana. Voor Pasen maakte ze dunne, pastelkleurige kaarsen die ze doopte in vanille en rozenolie. Eind april verkocht ze votiefkaarsen die geurden naar oranjebloesem en die ze *velas de amor* noemde. De dames in de stad fluisterden over de wonderbaarlijke stimulerende invloeden van de kaarsen in het boudoir. Elke donderdag, als Lucrecia een nieuwe partij van deze liefdeskaarsen te koop aanbood, kwamen vrouwen van heinde en verre om hun wekelijkse voorraad in te slaan.

In juni kondigde Lucrecia aan dat ze naar de politierechter was geweest om zichzelf te laten beoordelen. Chen Pan wist wat dat betekende. *Una coartación.* Lucrecia wilde zichzelf en Víctor Manuel vrijkopen.

'Je bent vanaf nu vrij om te gaan,' zei hij tegen haar. 'Ik zal je niet tegen je wil vasthouden.' Lucrecia gaf geen antwoord, maar ze ging ook niet weg.

In plaats daarvan legde ze een tuin aan achter De Geluksvondst. Yuca's, tarowortels, kousenband, drie soorten bonen en geen enkele sierbloem. Ze zei dat ze alleen wilde verbouwen wat ze konden eten.

Chen Pan stond erop dat ze ook chrysanten ging verbouwen, net als zijn oudtante in China. Ze bloeiden tot in de herfst en ze bevorderden een lang leven, zo verzekerde hij haar. Zijn oudtante liet de zoete bloemblaadjes altijd in haar wijn trekken en zij was ver in de tachtig geworden.

Lucrecia plantte met tegenzin een bedje chrysanten omdat Chen Pan dat zo graag wilde, maar de bloemen verlepten snel in de zomerse hitte.

Víctor Manuel groeide op tot een sterke jongen. Met negen maanden begon hij al te lopen. Een stapje, nog een stapje en dan liet hij zich weer op de grond zakken. Kruipen interesseerde hem niet. Op zijn beentjes zaten dikke vetrolletjes. Chen Pan vond het leuk om erin te knijpen. Víctor Manuel hield van het geluid van trommels, van de luit en de Chinese *sheng*-fluiten, dus huurde Chen Pan muzikanten in om 's ochtends voor de jongen te komen spelen.

'*Sa! Sa!*' Víctor Manuel imiteerde de luitspeler, en het klonk als de wind die door de regen blies. '*Ch'ieh! Ch'ieh!*' riep hij als de noten zo hoog klommen als de stemmen van kletsende geesten. De jongen zwaaide en wiebelde mee met de aanzwellende noten en huilde als de luitspeler naar huis ging.

Op zaterdag nam Chen Pan Víctor Manuel mee als hij naar de kapperszaak van Arturo Fu Fon om geknipt te worden en de laatste roddels te horen. Víctor Manuel volgde het gesprek en keek van de een naar de ander, alsof hij de betrouwbaarheid van de informatie probeerde in te schatten. Chen Pan wist zeker dat de jongen binnenkort vloeiend Chinees zou spreken.

'Vloeiend Chinees spreken met dit stelletje ouwe war-hoofden?' Arturo Fu Fon begon te lachen en vouwde zijn handen over zijn aanzienlijke buik. 'Dat arme kleine krekeltje. Wie zal met hem praten als wij er niet meer zijn?' In de kapperszaak hielden de mannen er het meest van om allerlei scheepsrampen te bespreken. Ze speculeerden over het lot van de *Flora Temple*, die met achthonderdvijf-tig Chinezen aan boord was vergaan. Of de *Hongkong*, die was vastgelopen nadat de rekruten brand hadden gesticht aan boord. Heel mysterieus was het geval van *El Fresneda*, het fregat dat kort na het vertrek uit Macao was verdwe-nen. Maanden later was het schip teruggevonden door de Britse marine: het dreef voor de kust van de Filipijnen, met honderdvijftig skeletten aan boord.

'Mensen verslinden elkaar als er verder niets te eten is,' zei Arturo Fu Fon terwijl hij met zijn mes over de wang van de opmerkelijk sterk behaarde Tomás Lai schraapte.

'Maar zou er dan niet iemand zijn overgebleven die al die anderen had opgevreten?' vroeg Eduardo Tsen. Hij kwam alleen maar bij de kapper om te bekvechten.

'Vandaag een mens, morgen een kakkerlak of een hon-gerig spook,' zei Salustiano Chung onheilspellend vanon-der zijn gazen hoed. Toen wendde hij zich met een grijns tot Chen Pan. 'En wat denkt u ervan, Señor Chen?'

Iedereen begon te lachen. De wendingen die de gesprek-ken namen, waren in de loop der jaren ingesleten en altijd weer een bron van hilariteit.

'Zoals de beroemde filosoof Lao-tzu ooit heeft gezegd,' zei Chen Pan: '"Zij die spreken, weten niets. Zij die weten, zwijgen."'

'Ja, en zij die spreken over de deugd van het zwijgen zijn zelf kaketoes!' viel Arturo Fu Fon in.

Als ze hun scheepswrakken vergaten, spraken de mannen vol liefde over thuis. Zelfs de onbenulligste *chino* in Cuba kende het gedicht van Li Bai uit zijn hoofd:

> *Voor mijn bed ligt een plas licht*
> *Is het rijp op de grond? aarzel ik*
> *Ik richt me op: het is maanlicht*
> *Ik ga weer liggen – en denk aan thuis*

De meeste vrienden van Chen Pan waren boeren geweest in China, en de opwinding van de stad kon nooit op tegen het stille genot van het werken op het land. Chen Pan was echter niet in het minst nostalgisch. Hij was Cuba daar heel dankbaar voor: dat hij eindelijk bevrijd was van de strenge cycli van het boerenleven. In zijn jeugd had hij boeken gelezen en de schoffel versleten. Hij gaf de voorkeur aan boeken.

Toen hij nog een jongen was, probeerden de ouderen de oogst te voorspellen door de beweging te bestuderen van in de lucht gegooide boontjes, of door rijst te poffen in een gietijzeren pan. Ze luisterden naar de kenmerken van de donderslagen die het oude jaar met het nieuwe verbonden en deden dan hun voorspellingen. Maar de afwisseling van zon en regen en de door overstromingen veroorzaakte watersnood was niet te voorspellen. Hun van palmbladeren gemaakte jasjes boden nauwelijks bescherming tegen het weer. In slechte tijden werden er kinderen verkocht om de

pacht te kunnen betalen en kauwde iedereen op gekookte
tarwe om de lege maag te kalmeren. Chen Pan geloofde niet meer dat allerlei demonen de
oogst konden verpesten of dat het eten dat je zelf met hard
werken had verbouwd het lekkerst was. Hij zou liever
slechts één zoete aardappel op de markt kopen en roosteren voor het avondeten dan zich afhankelijk maken van
het onvoorspelbare land. Chen Pan betaalde liever zijn wekelijkse smeergeld aan de Cubaanse politie (een bescheiden bedrag, dankzij de bescherming van de familie De
Santovenia) dan dat hij zijn hele boerderij weggaf aan de
belastinginners van de keizer.

De verjaardag van Víctor Manuel viel samen met het
Chinese Nieuwjaar. Wat kon nog meer geluk brengen?
Mollige, bruine, gezonde jongen. Overal knallende zevenklappers. Piramides van sinaasappels en granaatappels.
Een rood satijnen verjaardagspakje met kwastjes, speciaal
voor hem genaaid met zijden draad. Een miniatuurstokje
van jade om zijn leergierigheid in de toekomst te verzekeren.

Chen Pan gaf een banket ter ere van de jongen en nodigde alle belangrijke mannen van Chinatown uit. Ze arriveerden in een trage optocht, als een rij gewichtige olifanten: Benny Lan en Lisardo Hu, eigenaren van het grootste
restaurant aan de Calle Zanja, Marcos Jui, de beste groenteboer, en natuurlijk kapper Arturo Fu Fon. Chen Pan
verwelkomde zijn vele broeders uit de vereniging van
middenstanders: Juan Yip Men, Lázaro Seng, Feliciano

Wu, Andrés Tang, Jacinto Kwok. Zelfs graaf De Santovenia kwam even langs met een cadeau.

Bij de gloed van de gekleurde lantaarns werden allerlei speciale gerechten opgediend. Gefrituurde babyduifjes, kreeft, kwal met komkommer, haaienvinnensoep, rodebonenpastei en lychees, helemaal uit China. Chen Pan gaf zijn gasten gekookt goudwater te drinken zodat hun zaken voorspoedig zouden blijven gaan en wenste hun alle goeds voor ten minste duizend jaar. Arturo Fu Fon bracht een toast uit: 'Moge de dood lang op zich laten wachten maar snel toeslaan als hij eindelijk komt!'

De mannen aten en dronken, boerden en lachten tot ze er tranen van in de ogen kregen – om hun tegenslag, om hun voorspoed, om de vele kleinzoons die hen hopelijk zouden omringen als ze oud waren. Niemand van de aanwezigen had het hart of de moed om Chen Pan eraan te herinneren dat Víctor Manuel niet echt zijn zoon was. Dat hij in feite geen kinderen had.

Na het diner installeerden de mannen zich om hun verhalen te gaan vertellen. Lázaro Seng sprak over een oom die de dysenterie van zijn moeder had genezen door soep te trekken van een stuk vlees uit zijn eigen dijbeen. Jacinto Kwok vertelde dat in zijn dorp een buurman levend was gevild omdat hij zijn moeder had geslagen en een ander was verbannen omdat zijn vader daarom had verzocht. Alleen in China, besloten de mannen, werd het leven op de juiste wijze geleefd.

Terwijl Chen Pan naar zijn vrienden luisterde, vroeg hij zich af of hij eigenlijk nog wel echt Chinees was. Het was waar dat hij zijn treurige tarweveld achter zich had gelaten, een halve wereld ver weg, maar in tien jaar tijd had hij een heel nieuw leven opgebouwd door zijn eigen spierkracht en vernuft. Zoveel wist Chen Pan zeker: het lot van een man kon binnen een dag omslaan maar alleen de bergen bleven altijd hetzelfde.

De volgende herfst werd Havana geteisterd door een dodelijke epidemie. De helft van de straatventers in Chinatown stierf binnen een week. De mensen gaven de schuld aan de rivier die door de stad liep en een open riool was, vol lijken en vuil. De rijken vluchtten naar hun buitenhuizen en vermeden elk contact met de armen. Maar de ziekte maakte geen onderscheid tussen arm en rijk.

Op een ochtend had Víctor Manuel uitslag op zijn rug, zo fijn als brokaat, en was zijn buik zo hard als een meloen. Chen Pan rende de straat op en haalde de dokter uit S. Toen ze terugkwamen, lag de jongen te rillen en was zijn korte broek doorweekt van het bloed. De dokter zette een pan water op met geurige wortels en hield Víctor Manuels gezicht boven de stoom. Hij zei dat de jongen vers citroensap en rietsuikersiroop moest drinken.

'Ik zal je beschermen als een geest,' bezwoer Chen Pan de jongen in het Chinees. Hij knoopte een fijnmazig vissersnet over Víctor Manuels bed zodat de geest van de jongen tijdens het slapen niet uit zijn lichaam kon ontsnappen. Maar ondanks Chen Pans waakzaamheid leek de geest van de jongen zijn lichaam toch als sliertjes rook te verlaten.

Tegen middernacht hield Chen Pan zijn oor tegen Víctor Manuels mond. Geen spoor van ademhaling. Hij drukte hem tegen zijn borst en blies uit alle macht zijn eigen lucht in zijn longen. Hoe kon dit gebeuren? Chen Pan bad tot Boeddha, smeekte hem om nog een uur met zijn zoon. Als de natuur niet wordt gerespecteerd, huilde Chen Pan, wordt het hart leeg, duurt de nacht langer dan de dag.

> *De zwaardslag brengt geen helderheid als*
> *verdriet het hart verscheurt,*
> *De tranen vertroebelen mijn blik, maar*
> *spoelen het rode stof niet weg,*
> *Ik koester nog de leegte – van het zwarte zwart*
> *des hemels*
> *dit kinderloos leven dat zich voor mij uitstrekt.*

De volgende dag kwamen de zendelingen langs, met hun bijbels en verklaringen. Chen Pan schreeuwde dat ze weg moesten gaan.

'Wat zal hun god eenzaam zijn in de hemel,' zei Lucrecia toen ze haastig waren vertrokken. 'Wie zou van zo'n heer kunnen houden?' Ze bleef dagenlang aan Chen Pans zijde, huilde niet, bad niet, was alleen maar stil.

Chen Pans vrienden in de kapperszaak wisten niet hoe ze hem moesten troosten. In plaats daarvan spraken ze over de oorlog die was uitgebroken tegen Spanje. Carlos Manuel de Céspedes, een gerespecteerd landeigenaar, had zijn slaven hun vrijheid geschonken zodat ze konden deelnemen aan de strijd. Anderen zouden dat voorbeeld volgen.

Chen Pan herinnerde zich de dienstplicht in China, de jongens die ver naar het noorden werden gestuurd, naar het land van de eindeloze winter en de brullende beren.

Zijn vrienden juichten de wapenfeiten van kapitein Liborio Wong toe, de Chinese kruidendokter die in de eerste weken van de oorlog had geholpen om Bayamo te heroveren. Of bejubelden de heldenmoed van commandant Sebastián Sian, die naar verluidt drie Spanjaarden had gedood – *pa! pa! pa!* – met de achterkant van zijn zwaard. Ze stelden zichzelf voor dat ze de strijd inreden op hengsten die waren opgetuigd met goud. Of drinkbekers maakten van de schedels van de vijand, zoals hun voorvaderen hadden gedaan met de Yüeh-chih, de verslagen koning uit de tijd van de Han. Of zó goed leerden schieten dat zelfs de vogels niet meer durfden te vliegen.

Maar niemand van hen sloot zich aan bij de strijd.

'Het gaat niet om roem of geluk, maar om de lange adem,' zei Arturo Fu Fon. 'In Cuba is het voldoende om te overleven.'

Tien dagen lang at en sliep Chen Pan nauwelijks. Hij dacht erover om het eiland te verlaten. Wat was hij nog als hij niet eens een hulpeloos kind kon redden? Chen Pan had gehoord van andere *chinos* die naar Indië voeren, in de mijnen werkten in Zuid-Afrika of aan de spoorlijnen die in Noord-Amerika werden aangelegd. Hard werk waarbij je geen tijd had om te rouwen.

Maar in Cuba was het altijd warm en kon je onmogelijk van de honger omkomen. Chen Pan boog zich voorover en betastte zijn beenspieren. Hij was veel te slap geworden in

Havana, met dat gedoe met die spulletjes in zijn winkel. Zou hij weer net zo sterk kunnen worden als in het oerwoud? Zo sterk dat hij kon gaan vechten?

Op de elfde dag droeg hij de verantwoordelijkheid voor De Geluksvondst over aan Lucrecia. Hij liep naar de Calle Muralla, kocht vijftig kapmessen en huurde een rijtuig met twee paarden en een koetsier. En toen reed Chen Pan, ondanks Lucrecia's bezwaren, naar het oosten, naar de oorlog, om de kapmessen te brengen naar commandant Sian.

Middenrijk

Chen Fang

SHANGHAI

(1924)

In het bergdorp waar ik ben opgegroeid, rookte mijn moeder opium. Ze was gewend geraakt aan het geld dat mijn vader, Lorenzo Chen, haar vanuit Cuba toestuurde. Mijn twee oudere zussen trouwden jong en gingen beiden in het huis van hun echtgenoot wonen. Het zijn traditionele vrouwen, ze gehoorzamen hun man en oudste zoon. Ze hebben ingebonden voeten en zijn nooit ver van huis geweest.

Ik ben niet zoals mijn zussen. Toen ik werd geboren, riep de vroedvrouw, haar armen nog tot de ellebogen besmeurd met bloed, teleurgesteld uit: 'Weer een mond om te voeden!' Mijn moeder was zo radeloos dat ze me op mijn hoofd liet vallen. Ik kreeg een buil op mijn voorhoofd en ook koorts, maar ik bleef in leven. Die avond stierf mijn grootmoeder. Moeder dacht dat ik een duivelse kracht was en weigerde mij te voeden. In plaats van moedermelk kreeg ik koemelk te drinken. Daardoor ben ik zo obstinaat geworden.

Mijn oudste zus was nog maar drie toen onze vader voorgoed uit China vertrok. Ze vertelde dat ze zich herinnerde dat zijn haar naar sinaasappels rook. Vader was na mijn geboorte teruggekeerd van zijn reizen voor het feest van de Volle Maan na mijn geboorte, en er was een piramide van sinaasappels gemaakt ter ere van mij. Moeder had me gekleed in rode en gouden zijde en gaf een feest dat drie dagen duurde. Ze zei tegen mijn vader dat ik een jongen was.

Alle dorpelingen deden mee aan het bedrog. Een derde meisje in evenveel jaren betekende zeker ongeluk. Maar niemand wilde dat mijn vader zijn belofte zou intrekken om een nieuwe waterput te bouwen in het dorp. Ik kan me hem natuurlijk niet herinneren. Vader keerde terug naar Cuba toen ik vier maanden oud was. Toen had hij al een tweede vrouw, een soepverkoopster die hij in Kanton op straat had ontmoet en met wie hij op een koopvaardijschip uit China vertrok.

Als kind had ik veel vrijheid. Moeder kleedde en behandelde me als jongen en al snel was iedereen vergeten dat ik een meisje was. Ze bond mijn voeten niet in en ik mocht met de jongens spelen, die bijen vingen in de velden. Ik hielp nooit in de keuken. Naaien leerde ik niet. En ik mocht als enige van ons drieën naar school. Mijn vader stuurde extra geld voor het onderwijs van zijn zoon.

'Ik wil niet dat hij als een boer op het land moet werken,' schreef hij. En zo gebeurde het.

Op school werd ik geprezen om mijn kalligrafie. Ik voelde intuïtief aan met welke druk en beweging ik het penseel over het papier moest bewegen en welke beelden ik dan te voorschijn kon toveren. Een van de eerste karakters die ik leerde, was dat voor thuis. Ik vond het net een varken met een dakje boven zijn hoofd. Maar het is bedoeld als symbool voor tevredenheid.

Mijn vader stuurde het geld met ijzeren regelmaat naar mijn moeder. In de magerste jaren aten we rijst en gestoomde broodjes en een beetje vlees. Zijn brieven kwamen twee keer per jaar. Op de enveloppen stonden exotische postzegels met kolibries en palmbomen en mannen met grote baarden. Mijn zussen en ik lieten de postzegels vol trots zien aan de andere kinderen in het dorp.

Op een dag kregen we een brief met daarin een foto van onze grootvader, Chen Pan. Over hem had ik al vele verhalen gehoord. Dat hij in China was ontvoerd en als slaaf naar een grote plantage in Cuba was gestuurd. Dat hij daar was ontsnapt nadat hij drie blanke mannen had gedood. Dat hij jarenlang als voortvluchtige had rondgezworven in het oerwoud en alleen maar haarloze dieren had gegeten die door de bomen slingerden. Dat hij rijk was geworden nadat hij de eer van een Spaanse dame had gered, maar dat het hem niet was gelukt om met haar te trouwen. Dat hij, wonderbaarlijk genoeg, nog steeds leefde.

'Zal ik hem ooit ontmoeten?' vroeg ik aan mijn moeder.

Ze antwoordde niet maar gaf zichzelf over aan de zoete, blauwe rook.

Ik was nog maar heel jong toen ik ervan droomde om weg te lopen, om naar mijn vader in Cuba te gaan. Moeder zei dat ik op hem leek, vooral als ik me ongelukkig voelde. Ik perste mijn lippen dan op elkaar en trok volgens haar een zeer lelijk gezicht. Ze liet me de foto zien van hun trouwdag. Ze zitten samen heel formeel op een lakwerkbankje met aan weerszijden een pot met chrysanten. Vader is lang en dun en zijn huid is verbleekt bruin.

De dorpelingen roddelden over zijn moeder, die slavin was geweest in Cuba voordat ze een volbloed Chinees aan de haak had geslagen. Ze zeiden dat alle slaven daar op de suikerplantages harder moesten werken dan beesten, dat ze op feestdagen mensenvlees kookten en dan rond de pruttelende pannen gingen zitten en op honderd trommels sloegen.

Er waren nog wel meer verhalen over Cuba. Dat er tijdens onweersbuien vissen uit de hemel vielen, die, voordat ze gingen rotten, van de weg geveegd moesten worden omdat het anders te glibberig werd. Dat uit zaadjes die op de grond vielen de volgende dag al een plantje groeide. Dat goud daar zoveel voorkwam dat de Cubanen het gebruikten om knopen en bezemstelen te maken. En dat als een vrouw een man leuk vond, ze dat via signalen met haar waaier aan hem liet merken. In Havana koos de vrouw de man uit met wie ze wilde trouwen.

Alles wat ik over Cuba hoorde, liet mijn hoofd duizelen van dagdromerij. Wat wilde ik daar graag naartoe!

Toen ik negen jaar werd, zei de meester van ons dorp tegen mijn moeder dat hij me alles had geleerd wat hij wist. Hij haalde haar over om me naar een jongensschool te sturen, waarvoor ik een paar dagen per kar en trein moest reizen. Het was een traditionele kostschool, die ooit beroemd was omdat er leerlingen werden opgeleid voor de keizerlijke examens.

Moeder schreef mijn vader om te vragen wat ze moest beslissen. Die zomer beloofde hij om nog tien jaar onderwijs voor mij te betalen. Ik weet zeker dat hij dat niet zou hebben beloofd als hij had geweten dat ik een meisje was. Maar desondanks heb ik alles te danken aan zijn vrijgevigheid.

Ik was de beste leerling van de school. Ik blonk uit in wiskunde en confucianistische filosofie, en ik leerde Engels en Frans. Het was niet eenvoudig om verborgen te houden dat ik geen jongen was. Ik hield mijn haar kort en probeerde me jongensachtig te gedragen, maar mijn handen en mijn hals waren te fijn gebouwd voor een jongen. Mijn lengte was wel in mijn voordeel. Ik was een hoofd groter dan de meeste andere leerlingen en ik was niet bang om te vechten.

In de lente van mijn vijftiende jaar nam onze leraar literatuur, professor Hou, twaalf leerlingen mee naar Kanton om naar de opera te gaan en enkele historische plekken te bezoeken. Op een ochtend hoorden we dat een klasgenoot een bordeel had ontdekt waar ook maagden werden bediend. Alle leerlingen lieten hun boeken vallen en liepen achter hem aan naar buiten.

Het bordeel was in een eenvoudig, houten huis, niet ver van de markt. De muren waren versierd met lange lappen beschilderde zijde; op één daarvan was een idyllische bergkloof afgebeeld. Een minieme luchtverplaatsing liet de zijde zacht bewegen.

Mijn klasgenoten werden een voor een in dezelfde smerige kamer gelaten. Het was er net groot genoeg voor een slaapmatje en een blad met stomende thee. Niemand bleef langer dan een paar minuten binnen. Alle jongens keken heel tevreden als ze weer naar buiten kwamen en probeerden hun verwarring te verbergen.

Toen ik aan de beurt was en het kamertje binnenkwam, was ik verbaasd toen ik de naakte, tengere rug zag van een meisje dat niet veel ouder was dan ik. Haar haar zat opgestoken met een paar slordig vastgemaakte jaden pinnen. Ze draaide zich naar me om. Haar ogen waren zwartgemaakt en haar lippen hadden de kleur van de ondergaande zon. Zelfs in de duistere kamer vond ik haar mooi. *Mooi als een bloesem uit wolken geboren.*

Ze deed haar mond open en bewoog haar tong. Ik liep langzaam naar haar toe. Ze pakte mijn hand en wreef die tegen haar borsten. Ik voelde een schok door me heen gaan. Toen raakte ze mij aan tussen mijn benen.

'Wie ben jij?' vroeg ze bits terwijl ze haar hand wegtrok.

'Een meisje,' zei ik. 'Zeg het alsjeblieft tegen niemand.'

We zwegen lange tijd.

'Waarom ben je hier?'

'Iedereen denkt dat ik een jongen ben. Anders zou ik niet kunnen studeren.'

Tot mijn verbazing klopte het meisje naast zich op het slaapmatje.

'Blijf nog even,' zei ze. 'Dan zullen de anderen denken dat je een man bent.' Ze begon te giechelen.

Ik staarde naar haar mond, haar kleine, onregelmatige tanden. Ze staarde terug en zweeg weer. Haar ademhaling was langzaam en regelmatig. De mijne snel en hortend.

'Vind je het leuk om een jongen te zijn?' vroeg ze.

'Ik weet niet beter,' antwoordde ik.

Ze pakte mijn hand weer en hield die stevig vast terwijl we samen in stilte zaten te wachten. Er hing een te zware zoete geur in de kamer.

Eindelijk werd er op de deur geklopt. Ik stond op, boog diep en ging weg.

Die herfst stuurde mijn moeder me een brief. 'Kom naar huis,' stond erin. 'Er is geen geld meer voor je studie.' Er was oorlog in het Westen en mijn vader stuurde geen geld meer. Het werd tijd, schreef ze, dat ik ging trouwen.

Moeder had me verloofd met een jongeman die op twee dagen reizen van ons dorp woonde. Om mijn afwezigheid te verklaren had ze tegen zijn ouders gezegd dat ik een ziek familielid in de stad aan het helpen was. Ze zouden een grote bruidsschat betalen, schreef mijn moeder: genoeg om haar te onderhouden als ze eenmaal kinds was. Maar ik wist wel waar mijn geld voor gebruikt zou worden: het zou opgaan in opiumrook.

Ik staarde naar de zwarte inkt op het grove perkament. Weer dacht ik erover om naar Cuba te ontsnappen, maar ik had geen geld en mijn vader wist niet beter of ik was een jongen. De brief was geschreven in het handschrift van de dorpsschrijver. Via hem wist iedereen wat er in het dorp speelde. De schrijver woonde bij het riviertje in een hut op een bergrichel, waar waterdemonen huisden, zo werd gefluisterd.

Voor het raam van onze slaapzaal stond een oude eik, waarvan de bladeren al rood werden door de naderende herfst. De vorige winter had zich daar een jongen uit de zesde klas aan opgehangen omdat hij gezakt was voor zijn eindexamen. Ik weet nog hoe vredig hij keek terwijl hij door de wind zacht heen en weer zwaaide. Ik stelde me voor dat ik op dezelfde tak klom, het touw vastpakte en de dode geesten zou oproepen om me kracht te geven. Dan de plotselinge druk om mijn hals, een laatste ademtocht, en de zwartmakende bevrijding.

Ik was zestien toen ik naar huis ging en met Lu Shêng-pao trouwde. Zijn familie had een groot huis met dennenbomen die op winderige dagen zongen. Het was niet gemakkelijk om een vrouw te worden. Ik had niet geleerd om thee te schenken of de dagelijkse dingen respectvol en sierlijk te doen. Ik kon niet koken en mijn naaiwerk was slordig. Mijn haar krulde en was moeilijk in bedwang te houden.

Maar het ergst waren mijn onafgebonden voeten. Daar bespotte mijn schoonmoeder me mee. 'We zouden nooit zoveel voor je hebben betaald als we die stomme hoeven hadden gezien!'

Dit moet ik eerlijk zeggen. Niets is zwaarder dan een vrouw te zijn. Ik weet dat omdat ik zo lang heb gedaan alsof ik een jongen was. Dit is wat mannen doen: ze doen alsof ze mannen zijn en proberen hun zwakheden koste wat het kost te verbergen. Een man pleegt nog liever een moord of zelfmoord dan dat hij zich in verlegenheid laat brengen.

De suikeroogst van La Amada

Vrouwen houden zich niet bezig met dergelijke snoeverij,
ze werken alleen maar.

Hoe treurig is het een vrouw te zijn!
Niets ter wereld wordt zo geminacht.
De jongens staan tegen de deur geleund
Als goden die uit de hemel zijn gevallen.

Lu Shêng-pao was de derde van vier zonen. Hij werkte in
de stoffenwinkel van zijn vader maar dat werk had niet zijn
hart. Achter het rijstpapieren scherm van onze kamer zat
hij graag te lezen en te tekenen. Ik had geluk. Lu Shêng-pao
vroeg heel weinig van me. Op onze eerste nacht samen
plantte hij één keer zijn zaad in me en deed dat daarna
nooit meer.

Mijn schoonmoeder hield heel precies de kalender bij
en al snel kondigde ze tijdens het eten aan dat mijn
maandelijkse vloeiingen waren opgehouden. Ik keek uit
het raam. De tuin was felgekleurd door de pioenrozen: de
stengels waren gebogen door de zware bloemen. Ik dacht
eraan dat bloemen op het hoogtepunt van de bloei ook het
snelst afsterven. De zon was aan het ondergaan. De horizon leek mij een keurige scheidslijn tussen de levenden en
de doden.

Het nieuws van mijn zwangerschap verhoogde mijn
waarde in de ogen van mijn schoonfamilie. Een schoondochter die zo vruchtbaar is, brengt geluk en is een teken
dat de goden het huwelijk goedkeuren. Voordat ik er was,
had de familie minder geluk gehad. De vrouw van de oud-

ste zoon was gestorven aan de tering. En de vrouw van de op één na oudste zoon was het voorwerp van eindeloze spot na zeven kinderloze winters.

Tijdens de eerste weken van mijn zwangerschap was ik zo misselijk en wanhopig dat ik alleen maar wat gedroogde rijst kon eten. Elke dag leek zwaar en grijs, alsof de lucht op de aarde was gevallen.

Op een middag kwam Lu Shêng-pao thuis met een pakje kruiden die volgens hem mijn maag beter konden maken. Hij zette de thee zelf, wat hij nooit eerder had gedaan, en schonk een mooi porseleinen kopje in. Toen legde hij een deken over mijn knieën en stopte die in. De thee was heet en geurde naar een veld wilde bloemen. De warmte kwam tot in elk hoekje van mijn lichaam en maakte me suf. Ik viel in een diepe slaap.

Die nacht werd ik wakker met een hevige pijn in mijn buik. Ik kreunde en kromp in elkaar. Tussen mijn benen voelde ik iets plakkerigs. Waar was mijn man? Met trillende handen stak ik de lamp aan en zag dat ons bed nat was van het bloed. Ik begon te gillen, waardoor iedereen in huis wakker werd.

Mijn schoonmoeder stormde binnen en legde me op de vloermat. 'Niet bewegen!' gebood ze me en verdween toen in de duisternis. Ik weet niet hoe lang het duurde voordat ze terugkwam met een slaperige kruidendokter, Liang Tailung. Hij stopte een vochtig kompres tussen mijn benen en bond dat met een sjerp om mijn middel vast. Daarna strooide hij een bitter poeder op het achterste van mijn tong. Toen hij klaar was, hield hij de rest van de thee van mijn man onder zijn neus en nam mijn moeder even apart. Ze beende op me af en sloeg me hard in het gezicht. 'Hoe durf je mijn kleinzoon te vermoorden!' gilde ze. Ze weigerde naar mijn verklaring te luisteren. Ik bleef maandenlang op de vloermat liggen, niet in staat om me te bewegen. Mijn schoonmoeder stuurde de meid om het kompres te verschonen en mijn po te legen, die altijd eerst zorgvuldig werd geïnspecteerd. De maaltijden bracht ze zelf, want ze wilde met eigen ogen zien dat ik alles opat: stevige soep van kippenlevers en bamboescheuten. Ze was vastberaden om mij in leven te houden tot haar eerste kleinkind was geboren.

Ik vroeg haar waar Lu Shêng-pao was, maar daar gaf ze geen antwoord op. Later hoorde ik dat hij door zijn vader voor zaken naar het zuiden was gestuurd.

Toen mijn buik zo dik was dat ik het gevoel had dat ik de maan had doorgeslikt, kwam mijn op één na oudste zus bij me op bezoek. Ze had ver gereisd en had veel last van haar lotusvoetjes. Mijn schoonmoeder vertrouwde haar bezoekje niet helemaal, maar ze vond het goed dat we samen even op de veranda gingen zitten. Ze bleef zelf in de buurt en ging verder met het borduren van een zijden kussensloop voor de baby.

Het was een stormachtige dag en de dennenbomen zongen net als de operadiva die ik in Kanton had gehoord. De vogels vlogen wild in het rond. Door de wind kon mijn schoonmoeder niet goed borduren. Toen ze naar binnen ging om nieuwe borduurzijde te halen, gaf mijn zus me een brief van mijn oude leermeester. Daarna gaf ze me een kus op mijn wang en ging weg. Ik heb haar daarna nooit meer gezien.

Ik wachtte tot iedereen sliep voordat ik de brief uit mijn kleren te voorschijn haalde. Professor Hou had me aanbevolen voor een baan als leraar op een school voor buitenlanders in Shanghai. Ik moest me daar melden aan het begin van het Nieuwe Jaar, over vier maanden. Ik kon mijn hartslag niet meer rustig krijgen. Ik moest hier weg, dacht ik. Maar hoe?

In de week daarna leek elk uur een dag en elke dag een jaar. In de keuken was ik onhandiger dan ooit, ik liet een schaal gestoomde asperges uit mijn handen vallen. Mijn schoonmoeder begon zich zorgen te maken. Ze nam me mee naar een waarzegster, een blinde en kreupele vrouw die gespecialiseerd was in het voorspellen van het geslacht van ongeboren kinderen aan de hand van het schild van een schildpad.

'Je zult binnenkort een zoon krijgen,' voorspelde ze. 'Hij zal over vele mensen regeren met de zon op zijn schouder. Maar je moet hem na een maand verlaten. Dat is de wil van je voorouders.'

Kort nadat Lu Chih-mo was geboren, betaalde mijn schoonmoeder me een vorstelijk bedrag om hun huis te verlaten. Ik vertrok onmiddellijk en nam de trein naar Shanghai. Mijn borsten waren keihard en lekten de ongedronken melk. Wat heb ik veel geleden onder dit besluit! Ik probeerde de gedachten aan mijn zoon uit te bannen, aan zijn babyknuistje om mijn vinger, aan de onwillekeurige glimlachjes als hij lag te slapen. Zijn gezicht was zo bleek; een mysterieuze kleine maan. Ik dacht dat ik blij zou zijn dat ik bij hem weg kon, op zoek naar mijn vrijheid. Maar in plaats daarvan moest ik mijn bittere spijt steeds weer wegslikken, steeds opnieuw.

Vaak ging ik bijna terug naar Lu Chih-mo. Ik kocht kaartjes voor treinen die ik nooit nam, ik stelde me voor dat ik over dit beschadigde land in oorlog vloog en hem vond terwijl hij met een bolletje garen onder de dennenbomen zat te spelen. Ik dacht erover om hem te stelen, om hem mee te nemen naar Shanghai. Maar ik wist dat het gemakkelijker voor me zou zijn om de hemel te zien dan om terug te keren naar mijn jongen.

In Shanghai had ik veel geluk. Ik verhulde mijn vrouwzijn niet maar de buitenlanders namen me toch aan, dankzij de vriendelijke woorden van professor Hou.

Ik geef klassieke en moderne Chinese literatuur. Mijn leerlingen zijn de kinderen van diplomaten en industriëlen: Franse kinderen, Engelse kinderen, maar ook kinderen uit rijke Chinese families. Ik doe alsof ik weduwe ben. Ik doe alsof ik kinderloos ben. En dus bemoeien de mensen zich niet met mijn leven.

Apen

Rabo mono amarra mono

Domingo Chen had de nachtwacht. Hij bood zich daar vaak vrijwillig voor aan, want hij had liever de duisternis dan de ongemakkelijke kameraadschappen van overdag. Domingo zat achter zijn heuveltje van dikke, rode klei, met zijn geoliede M-16 losjes in zijn handen. Op zijn kogelvrije vest stond BINGO gekalkt. Een sikkelmaan speelde verstoppertje in de hemel boven de jungle. Er waren geen sterren. Het was niet mogelijk om de hemel met enige zekerheid te kunnen lezen. Hij zou die lucht misschien toch mooi kunnen vinden, op een ander moment en vanuit een ander standpunt.

Domingo luisterde naar het onrustige geluid van de nachtmerries in de schuilplaatsen. De mannen riepen in hun slaap, de angst trok aan koorden in hun keel. De laatste tijd werd er rondverteld dat de stompneuzige apen begonnen te janken als er een weersverandering kwam en dat de boeren die apen opspoorden en hun schedels verkochten als oorlogsaandenken. In Cuba, herinnerde Domingo zich, aasden de *paleros* op de schedels van Chinese zelfmoordenaars voor hun vloeken en bezweringen.

De suikeroogst van La Amada

Het was vandaag weer een ware hel geweest. In de snik-hete middag was Danny Spadoto opgeblazen door een boobytrap en uit elkaar gespat, alsof zijn lichaam alleen maar door een vaag idee bij elkaar werd gehouden. Spado-to kon fantastisch fluiten. Na een paar biertjes deed hij vaak verzoeknummers; 'September Song' van Sinatra kwam dan perfect uit die geniale geplooide lippen van hem. Het was een grote vent, met stralende, vlezige wangen, een vro-lijke kerel, zelfs in de oorlog. Domingo vroeg zich af of Spadoto altijd zo vrolijk was omdat hij veel meer of juist veel minder wist dan andere mensen.

Bij het middageten hadden ze hun rantsoen geruild (zijn varkenslapje voor Domingo's lamsvlees) en had Spa-doto Domingo het adres gegeven van gegarandeerd het allerbeste wijf in Saigon. *Haar haar ruikt goddomme naar kokosnoten,* had hij gezegd, en hij had vol ontzag gefloten. Domingo had naar de letters op het papiertje gestaard: Tham Thanh Lan, Nguyen Doc Street 14. Twee uur later schudde hij Spadoto's romp uit een broodvruchtboom. Op dat moment had Domingo beseft dat hij de rest van zijn leven zou moeten proberen om weer normaal te lopen en dat vertraagde antimijnenloopje kwijt te raken.

's Middags, toen ze zich een weg baanden over een dicht-gegroeid paadje en de regen plakkerig als rijst naar bene-den kwam, was het peloton gestuit op een veld vol witte bloemen. Domingo snoof de lucht op. Het rook brak als de zee, maar de oceaan was ver weg. De Vietnamese verken-ner, een man met een vierkant gezicht die door iedereen De Platvis werd genoemd, zei dat die bloemen eens in de dertig jaar bloeiden. Als je ze zag, zeker in die hoeveelheden, bracht dat veel geluk. Tot ieders verbazing begon hij de bloemen op te eten. Ze waren zilt en vreemd genoeg dorstlessend. Zout van de jungle. *Sal de la selva*, vertaalde Domingo in zichzelf, en hij stopte er een in zijn mond. Toen kwam er een stille euforie over hem die tot de avondschemer duurde.

Domingo wreef afwezig over het magazijn van zijn M-16 terwijl hij in de nevel van de jungle staarde. De nacht drong traag zijn huid binnen. Hij realiseerde zich dat zijn handen al bijna een jaar niet meer van hem waren, dat ze al die tijd geen conga hadden aangeraakt en geen vrouw hadden bemind. Dat hij ze meestal alleen maar gebruikte om insecten van zijn huid te vegen.

Binnenkort was het een jaar geleden dat Papi was gestorven. Domingo had zijn graf in de Bronx bezocht voordat hij naar Vietnam was vertrokken. Hij had vers water over het graf gesprenkeld, wierook aangestoken, een paar nieuwe bankbiljetten verbrand en een mandje verse papaja's neergezet die hij in een Puertoricaanse *bodega* had gekocht. Hij had alles weggegeven wat ze bezaten, behalve een zonnebril die van zijn overgrootvader Chen Pan was geweest. Domingo had zich voorgenomen om over een jaar terug te keren om de traditionele rituelen uit te voeren. Maar alleen de angst, wist hij, doet beloften.

Domingo probeerde zich beelden van zijn vader voor de geest te halen. Papi aan de oever van de Río Guaso, met Domingo's hengel. 'Hou hem stil, *mi hijo*. Je moet wachten tot de vis naar het aas zwemt.' De vingers van zijn vader die een dumpling dichtvouwden of een bergje garnalen pelden. Dezelfde vingers die Domingo's hoofdhuid masseerden 'zodat je hersens beter werken'. Papi's blauwe (altijd blauwe) *guayaberas* die losjes om zijn magere lijf hing. De hoogglans van de Amerikaanse schoenen die hij op de marinebasis kocht. De babyachtige manier waarop hij aan zijn sigaretten zoog.

Maar dan kwamen de beelden die Domingo niet kon verdragen. Papi die trillend aan de rand van het metroperron stond, in zijn witte linnen pak. De man in het rode t-shirt (dat stond in het politierapport – allemaal details maar geen uitleg) die naar hem toe liep om te vragen hoe laat het was. Het aanstormende metaal van de trein die in zuidelijke richting aangedenderd kwam. Het zuiden, dacht Domingo. De trein reed naar het zuiden.

De dood had zijn vader verleid als een plotselinge religie; de dood ging gekleed in een hemd van vuur. Domingo stelde zich de uitdrukking op Papi's gezicht voor toen hij boven het spoor zweefde: hoog en zonder twijfel vol geloof – in wat? Alles wat Domingo sindsdien had gedaan, werd gefilterd door die blik.

Papi had hem geleerd dat een Chinese zoon niets ergers kon doen dan zijn voorouders verwaarlozen. Domingo herinnerde zich het verhaal van zijn overgrootvader die zich na zijn ontsnapping van een suikerplantage in de bossen had schuilgehouden. Toen zijn moeder in China was gestorven, was haar geest de Grote Oceaan overgestoken en over de Rocky Mountains en de Great Plains via de vochtige duim van Florida naar Cuba gezweefd, op zoek naar haar zoon. Daar had ze de gedaante aangenomen van een bosuil en had ze Chen Pan bijna een jaar achtervolgd: ze had hem uitgefoeterd en ze had hem met haar gegil uit zijn slaap gehaald. Ze had er zelfs voor gezorgd dat hij geen schaduw meer had.

Domingo vroeg zich af of dat ook met hem zou kunnen gebeuren. Hij stak een joint op en keek naar de schaduw van de hand die hij om het vlammetje hield. Als er geen schaduw meer was, redeneerde hij, dan was er ook geen lichaam en dan was hij dus dood.

Hij leunde tegen een zandzak en bekeek de loop van zijn geweer. Hij had zijn wapen nog niet vaak gebruikt en hij gaf vaak ammunitie weg aan zijn schietgrage kameraden. Zijn oren klapten bijna uit elkaar als hij schoot. Zijn grootste angst was dat zijn medesoldaten hem in het heetst van de strijd voor een Vietcong zouden aanzien en hem zouden doodschieten. Sommigen vonden hem toch al zo verdacht. Was hij met zijn zware accent en zijn bruine huid wel een echte Amerikaan?

In Cuba vroeg nooit iemand aan hem waar hij vandaan kwam. Als je in Guantánamo woonde, kwam je familie daar meestal ook vandaan, in elk geval de laatste paar generaties. Iedereen wist wie je was. Niet dat dat betekende dat ze altijd aardig waren. Héctor Ruíz, de pestkop uit Domingo's jeugd, zei altijd dat Domingo alles scheef zag met die spleetogen van hem. Domingo was kleiner dan Héctor, maar hij vocht altijd met hem. Maar nu vroeg hij zich af of Héctor misschien gewoon gelijk had gehad: dat zijn wereld in wezen scheef was.

De suikeroogst van La Amada

Vanavond had de luitenant de verwachte helikopter afbesteld om niet de aandacht te vestigen op hun kamp in de jungle. Waarom zouden ze onnodig lawaai maken? De heli's waren alleen maar handig om ammunitie en voedsel te brengen, of om de mannen te evacueren als de situatie echt beroerd werd. De luitenant wilde ook dat ze zich hier allemaal koest hielden, ondanks de druk van het hoofdkwartier om zoveel mogelijk slachtoffers te maken. De mannen waren dankbaar voor zijn gezonde verstand. Niets was erger, vond ook Domingo, dan een officier die echt van zijn werk hield. En dat gold ook voor majoors en infanteristen.

Tot nu toe had Domingo geluk gehad. In mei was hij met twee andere soldaten een tempel binnengestormd waar hij een gerimpelde monnik in gebed aantrof, die met zijn tanden was verbonden aan een boeddhabeeld dat volhing met explosieven. Domingo stond op maar een paar meter afstand toen de monnik zichzelf opblies, maar hij had nauwelijks een schrammetje. Sindsdien ging iedereen ervan uit dat hij waanzinnig veel geluk had en dat hij een speciale antenne had voor gevaar.

Domingo was heel vaak aan de dood ontsnapt: een handgranaat die voor zijn voeten belandde maar niet ontplofte, een defecte boobytrap, de kogel van een sluipschutter die afketste op de rand van zijn helm. De andere soldaten begonnen als vliegen om hem heen te hangen. Het was al zo erg dat niemand nog zonder hem een rijstveld over durfde te steken. Domingo bewaarde de bril van zijn overgrootvader in een dichtgeknoopt zakje van zijn kogelvrije vest. En hij had het idee dat die bril hem als een amulet beschermde.

Maar hoe lang hij geluk zou blijven hebben, was onderwerp van hevige speculatie. Bij Lester Gentry, de zoon van een bookmaker uit Brooklyn, kon je elke dag een weddenschap afsluiten op Domingo. Domingo zelf deed daar af en toe ook aan mee. Als hij inderdaad onoverwinnelijk was, wilde hij daar zelf ook een graantje van meepikken. Een maand geleden had Lester met zijn machinegeweer een oude vrouw en twee kleine jongetjes gedood in hun hut. De rijst in hun kommen was nog warm. Sindsdien probeerde Lester zichzelf af te leiden met die weddenschappen over hoe lang Domingo nog zou leven.

Vorige week hadden hij en Domingo een Vietcong overmeesterd. Hij had een Russisch pistool, wat gezouten aubergine en een Frans pornoblaadje van twaalf jaar oud bij zich. Later pas zagen ze dat hun gevangene misschien net vijftien was. Hij was broodmager en half opgegeten door het ongedierte. Hij woonde al een jaar onder de grond, weggekropen in het donker, biechtte hij op in gebrekkig Engels. In zijn broekzak had hij een pocket met bezielende teksten van Ho Chi Minh.

Domingo was in het hol van de kindsoldaat gekropen en had zich daar vreemd genoeg wel thuis gevoeld. Hij vond een paar stukjes krant waar gedichten op gekrabbeld stonden. Een daarvan had als titel *Nuóc*, dat water betekende en, wist hij, vaderland. Hij wilde de gedichten bewaren om ze later misschien te vertalen, maar de luitenant had hem bevolen ze in te leveren, samen met de kaarten en de andere militaire spullen. Domingo vond het een grappig idee dat de codekrakers van het Amerikaanse leger zich het hoofd zouden breken over de betekenis van een Vietnamees liefdesgedicht.

De regen begon heel plotseling en veroorzaakte een zacht geritsel in de bomen. De bergen murmelden in de verte. Domingo zette zijn helm af, waar nog steeds takken op vastgebonden waren van de patrouille van die middag. Dat rotding vervormde elk geluid en voelde als een blok beton op zijn hoofd. Hij was bekaf en transpireerde hevig.

Tussen de patrouilles en de nachtwachten sliep Domingo nauwelijks. Dat was in elk geval nog beter dan zomaar doodgaan zonder dat je je daarvan bewust was. Als zijn tijd was gekomen, wilde hij de dood recht in de ogen kunnen kijken. Als hij echt geluk had, werd hij misschien wel door een ver familielid gedood. Hij had gehoord dat ze in de Vietcong veel Chinese adviseurs hadden. Maar hij had wel de pest aan die theatrale manier van doodgaan hier. De plotselinge lichtflits en de sterke, opwaartse druk. De krankzinnige sproeiregen van bloed, alsof er met wijwater werd gesprenkeld. Scheenbenen die uit in de modder gezogen laarzen staken. De kleurrijke wirwar van ingewanden. Wie had ooit eens gezegd dat mannen alles doden waar ze bang voor zijn?

Toen Domingo voor kort verlof naar China Beach mocht, had hij vijf dagen achter elkaar geslapen. Hij had het strand en de biefstukken en de hoeren overgeslagen en stond alleen op om ananassap te drinken of te plassen. 's Avonds rookte hij hasj of een beetje ruwe opium tot hij voldoende ontspannen was om weer verder te kunnen slapen. Zijn dromen waren wazig en oranje, als een versleten film. Hij kon zich er niet één van herinneren, alleen dat vreemde, doordringende licht.

Alle jongens wilden alleen maar terug naar De Wereld. Een jongen uit Arkansas droomde ervan om later in zijn slaap te sterven, omringd door luid wenende familieleden; een roze, erotische dood met pin-up engelen die hem naar de hemel begeleidden en hem onderweg pijpten. Domingo begreep die drang om oud te worden niet, dat vasthouden aan het leven alsof je er recht op had. Trouwens, wie wilde nu zo lang blijven leven als je ook dansend of in vuur en vlam ten onder kon gaan?

Zijn laatste avond in China Beach had Domingo doorgebracht bij de jukebox, samen met de zwarte mariniers. Hij had op de tafel getrommeld en zijn imitatie van Otis Redding gedaan ('I'm a changed man', 'Groovin' time'). De dag erna was hij teruggegaan naar de jungle, verkwikt en klaar voor de volgende moordpartij.

Domingo staarde naar de nevelige horizon en stelde zich voor dat de dood vanuit de bomen op hem af zou komen. Hij drukte zijn duimen op zijn oogleden en probeerde in het donker te kijken, net als de vampiers in de grotten bij Guantánamo. Er werd gezegd dat die vampiers zichzelf vastbeten in de halsslagaders van slapende paarden en koeien en dan hun maal van bloed opslorpten.

Wat moest hij na al die maanden nog geloven? Wat nooit zou kunnen gebeuren, gebeurde elke dag. Mannen die als luciferhoutjes werden weggeblazen. In een fractie van een seconde werd een kloof geslagen tussen leven en vergetelheid. In de verhoorkamer zag Domingo een keer dat de luitenant een mes zette in het dijbeen van een gevangene en het helemaal naar zijn knie opentrok. Maar nog steeds kreeg hij geen antwoord. De gevangene was oud, in de veertig, en zo mager als een lat. De ouderen, zei iedereen, waren het moeilijkst kapot te krijgen.

Alles wat Domingo nu kende, was dat meedogenloze voeren van de dood, alsof dat een specialiteit van de armen was; ze konden op de conga's spelen, de waterbuffels verzorgen of als voedsel dienen voor de dood. *Het is niet anders* was het motto in de binnenlanden.

Op kerstavond was zijn peloton betrokken geraakt bij een vuurgevecht vlak bij Pleiku. In vijf minuten waren er vijf man gedood. Het regende zo hard dat hun sokken wegrotten in hun laarzen. Overal zaten bloedzuigers. Domingo's voeten waren zo verschrikkelijk gaan schimmelen dat hij de voetzolen er met zijn nagel af had kunnen schrapen.

Hij dacht aan de kerstfeesten uit zijn jeugd, aan het varken dat aan het spit werd gebraden, het vet dat onder de knisperende huid vandaan droop. *Noche Buena*. Na de revolutie kon je nog moeilijk varkensvlees krijgen en moesten de mensen het doen met magere kippen en zoete aardappelen. Alleen Mamá leek dat niet te kunnen deren. Zij was een van de eersten die zich aanboden als vrijwilliger voor allerlei dingen. Ze kapte suikerriet tot de blaren op haar handen stonden en haar enkels opzwollen door de mijtenbeten. Ze had het Domingo nooit vergeven dat hij op de eerste verjaardag van de revolutie met zijn vader was gaan vissen. In plaats van met zijn klasgenootjes mee te doen aan de parade en daar met een papieren vlaggetje te zwaaien, had hij aan de Río Guaso zitten wachten tot de tarpon zou bijten.

Toen Papi was gearresteerd op verdenking van antirevolutionaire activiteiten, had Mamá geweigerd om hem te verdedigen. Ze had zelfs tegen hem getuigd en verklaard dat hij handel dreef in smokkelwaar (een paar pakjes sigaretten hier, een krat gecondenseerde melk daar – net genoeg om hem in moeilijkheden te brengen). Daarna hadden de veiligheidsagenten hem geprobeerd te rekruteren, maar Papi had elke medewerking geweigerd. (Iedereen wist dat er opstandelingen in de bergen zaten, dat er complotten werden gesmeed om El Comandante te vermoorden, dat er een bloeiende zwarte handel was in wapens.) En dus werd hij naar het psychiatrische ziekenhuis in Santiago gestuurd.

Domingo had het vreselijk gevonden om hem in dat gekkenhuis op te zoeken. De patiënten gilden uit de ramen of zaten op de gang te poepen. Ze tuigden elkaar af met dienbladen. Op de afdeling waar zijn vader zat, stonden roestige emmers die tot de rand vol zaten met stront en kots. Het was geen geheim dat deze vleugel van het ziekenhuis bestemd was voor politieke gevangenen, hoewel er voor de schijn een paar krankzinnigen tussen waren gezet. De meeste patiënten waren volkomen normaal, zoals Papi, afgezien dan van hun haatgevoelens voor El Comandante. En dat maakte hen geschikt voor een speciale revolutionaire behandeling: psychotropische medicijnen, elektroshocks, afranselingen door de gevaarlijke gekken die op de afdeling werden losgelaten.

Na een jaar raakte Papi gefascineerd door een gele woudzanger die vaak in een waterpoel onder zijn raam zat te baden. Hij was ervan overtuigd dat die vogel zijn grootvader was, Chen Pan, die hem waarschuwde: 'Overal gevaar'. Meestal zat Papi onder de sapodillaboom in de tuin te kijken naar de glanzende sporen die de gestreepte slakken trokken, terwijl hij in het Chinees in zichzelf praatte.

Op een dag kwam Domingo in het ziekenhuis en trof zijn vader aan terwijl hij vastgebonden in bed lag, met opgezwollen armen en benen en met brandwonden van de elektroden op zijn slapen. Zijn lakens waren doordrenkt met bloed en urine en in plaats van woorden kwam er een stroom speeksel uit zijn mond.

'Dat hoort bij zijn behandeling,' snauwde de verpleegster.

Niemand nam de moeite er verder nog iets over te zeggen tegen Domingo.

Er trok een dikke mist op vanuit de bergen, die het gebruikelijke koor van junglegeluiden verstomde. Het was bladstil. Domingo hoorde niet eens de echo van zijn eigen hoest. Iedereen in het peloton zou van zo'n diepe stilte wakker moeten schrikken, maar dat gebeurde niet. Domingo vroeg zich af of hij ooit nog terug zou kunnen keren naar het leven van voor deze oorlog. Hij was bang dat het daar al te laat voor was.

Aan het begin van de avond had Domingo gezelschap

gekregen van Joey Szczurak, een pillen slikkende jongen uit Queens die aan slapeloosheid leed en enorm veel kletste. Hij droeg zijn legerblikopener aan een gouden ketting om zijn hals, naast zijn kruisje, en vroeg een sigaret aan iedereen die zijn eigen blikopener kwijt was en de zijne wilde gebruiken. Hij beweerde dat hij een wedstrijd in welsprekendheid had gewonnen toen hij twaalf was en dat hij op zijn veertiende voor het eerst heroïne had gebruikt.

Domingo had nog nooit iemand gezien die magerder was dan Joey. Hij was zelfs nog magerder dan Mick Jagger. Zijn gezicht was pokdalig door de acne. Joey's ouders woonden tijdens de Tweede Wereldoorlog in Warschau. Ze hadden hun zoon gesmeekt om niet naar Vietnam te gaan, maar Joey wilde niet luisteren. Het stoorde Domingo dat Joey het geen enkel probleem scheen te vinden om zijn uniformbroek open te knopen en te masturberen terwijl hij dacht aan de naadkousen van zijn moeder, waarna zijn zaad met een boogje tegen de schimmelende zandzakken spoot.

Domingo herinnerde zich nog dat zijn eigen moeder in legeruniform vertrok naar het gevecht in de Varkensbaai. De mensen zeiden dat ze iemand had gedood, dat ze een ontsnappende *gusano* in de rug had geschoten. Er werd een optocht gehouden ter ere van Mamá en de andere veteranen die terugkwamen uit Guantánamo, die daarna een lunch kregen aangeboden door de gouverneur. Domingo had zijn moeder gevraagd of ze echt iemand had doodgeschoten. Haar gezicht was toen verstrakt, zoals ook altijd gebeurde bij moeilijke bevallingen, als ze de ene sigaar na de andere rookte en met kruiden in de weer ging. Maar ze had geen antwoord gegeven.

Het hield even plotseling op met regenen als het was begonnen. De bomen waren drijfnat en trilden van het druppen. Ze zagen er een beetje schaapachtig uit, alsof ze zich te buiten waren gegaan aan de storm. Domingo wilde dat er iemand was met wie hij Spaans kon spreken, maar dat kon alleen met die norse jongen uit Puerto Rico die zijn *arroz con gandulas* miste. Domingo raakte steeds meer Spaanse woorden kwijt, vooral uit de mariene biologie. Polypen, holothurioidea, gorgonaria. Vloeken kon hij nog wel. Waarschijnlijk zou hij dat pas als laatste vergeten.

Domingo dacht aan de vijand. Hij stelde zich voor dat ze Spaans tegen hem zouden spreken, snel en met een Cubaans accent. Ze zouden hem allerlei dingen vertellen: dat de wilde bloemen in Vietnam de ene lente een andere kleur hadden dan de andere, dat de vissen in de rivier waren opgeblazen en knalroze werden door de chemische stoffen, dat er van de groene heuvels niets meer over was door de napalm. In de binnenlanden had Domingo baby's gezien met afwijkingen die vreemder waren dan die in Guantánamo: de gezichtjes waren monsterachtig verwrongen. De moeders waren uitgedroogd van het huilen. *Als er slechte dingen gebeuren met het land, gebeuren er slechte dingen met de mensen.* Dat zei zijn Tío Eutemio.

Toen Domingo nog een jongen was, vond hij het heerlijk om samen met zijn oom de bergen in te trekken op zoek naar hout voor nieuwe trommels. De maan moest vol zijn *para que no le cayeran bichos*, om de insecten op afstand te houden. Cederhout was het beste en het duurzaamste, maar *guásima* en mahonie waren, als ze dat konden vinden, ook acceptabel. De vellen werden gemaakt van geitenbokken, want de trommels waren *cosa de hombres*. Witte of gele geiten die bewezen hadden dat ze vruchtbaar waren.

Tío Eutemio controleerde of de geitenvellen goed waren en liet ze dan weken in water met houtskool voordat hij ze schoonboende met stenen. Hij testte altijd de *tantán*, de vibratie van de vellen. Hij had een feilloos gehoor. Tío Eutemio stemde de trommels altijd in dezelfde hoek van het huis, de enige plek waar hij het geluid kon 'vinden'.

Een frisse mistflard leek speciaal op Domingo af te komen. Om hem heen leek de lucht dicht te slibben met as en andere rommel. Hij keek ernaar en rook eraan, sloeg alles op in zijn geheugen alsof hij het later minutieus zou moeten beschrijven. Er viel een dode papegaai uit de lucht, die langs zijn elleboog schampte. Op zijn rug voelde hij ijskoud zweet. Misschien, dacht Domingo, had de maan gewoon een slechte nacht.

Hij richtte zijn geweer op de jagende mist. Hij kon zijn eigen hart horen bonzen, snel en hard als een keiharde *descarga*. Domingo herinnerde zich dat toen hij nog maar een paar weken in de jungle was, hij met zijn peloton het rottende karkas van een olifant had gevonden. Het dier was ongetwijfeld gedood door de uitgehongerde Vietcong. 'Hinderlaag!' had de patrouillecommandant geschreeuwd, maar er waren geen vijanden achter de bomen te voorschijn gesprongen. Ze hoorden alleen het trage, zuigende geluid van de aarde die het bloed en de oneetbare delen van de olifant terugvorderde.

Domingo liet zijn geweer vallen en ging staan om de mist te ontvangen. Aan de bosrand vlamde een lichtflits op. Ineens waren overal vonken, alsof de lucht zelf in brand stond. Domingo wilde het in zich opnemen, wat het ook was; hij wilde er één mee worden, net zoals de ontvangende aarde.

Op dat moment begon het gegil, het gekwelde en onwereldlijke gekrijs. Apen, tientallen apen, bleek en stoffig en met rode bekken, klauterden over de schuilplaatsen, hun koppen zo groot als pompoenen. Ze rukten Domingo's kogelvrije vest van z'n lijf, grepen zijn geweer, krabden en beten hem. De mannen kropen uit hun schuilplaatsen, met grote, doodsbange ogen, en begonnen in het wilde weg te schieten en granaten te gooien, waarbij wonder boven wonder niemand werd gedood. De lucht dampte van de zwavel en de rook.

Ze waren wit, die apen, albino's met gele ogen – *net ouwe mannetjes met pafferige buiken en dikke lagen make-up* – zo beschreef Domingo ze later aan de ongelovige majoor. Wat er was gebeurd, had niets te maken met redelijke verklaringen of met het misplaatste vertrouwen van de militairen in orde en precisie (Domingo hield zelf ook niet erg van logica). En toch namen de officieren aan dat elke gebeurtenis kon worden samengevat met een paar goedgekozen zelfstandige naamwoorden.

'Je krijgt nog een dag om over je verhaal na te denken,' zei de majoor en hij sloeg zijn dossier met een klap dicht. Domingo vond hem op een veel te grote brulkikker lijken.

'Daar zal het niet door veranderen, majoor.' De apen waren meteen na de aanval weer verdwenen, had Domingo gerapporteerd. Overal waren pootafdrukken te zien; de mannen hadden geprobeerd om de apen te achtervolgen, maar ze konden ze nergens meer vinden.

Domingo wist dat de apen echt waren. Hij wist dat zeker omdat ze zijn kogelvrije vest hadden uitgetrokken en er met zijn geweer vandoor waren gegaan. *Coño*, de apen hadden hem zo erg gekrabd en gebeten dat zijn armen net aan flarden gescheurde mouwen leken. Hij moest terug naar China Beach voor een tetanusinjectie. Waarom had de majoor zijn rapportage eigenlijk niet gecheckt?

'Moet u kijken!' Domingo liet de majoor zijn duim zien, die nog paars en opgezwollen was door de aanval. Een van de apen, vertelde hij, had geprobeerd om zijn duim eraf te bijten. 'En nu moet u me maar eens vertellen hoe ik zoiets zou kunnen verzinnen!'

REIZEN DOOR HET GEHEUGEN

... I only perceive
the strange idea of family
traveling through the flesh.

Carlos Drummond de Andrade

Een kwetsbaar geluk

HAVANA
(1888)

Het was Goede Vrijdag en in de hele stad sloegen de mensen op planken en kisten om uiting te geven aan hun rouw. *Boem-tak-tak-a-tak.* Het was de enige dag van het jaar waarop de kerkklokken niet werden geluid. Lucrecia wilde ook op hout timmeren. Ze wilde de ergste herinneringen aan het kruis nagelen. Misschien dat ze er dan eindelijk van zou zijn verlost.

Vandaag had ze beloofd om Chen Pan te helpen in De Geluksvondst. 's Middags zou hij meubels gaan halen uit de nalatenschap van de weduwe doña Dulce María Gándara, die veertig jaar alleen in haar landhuis in de wijk Vedado had gewoond. Het ging om een mahoniehouten bed met houtsnijwerk, zilveren kistjes die met fluweel waren bekleed en een uitgebreide collectie Brusselse kant. Lucrecia had een ongemakkelijk voorgevoel over de eigendommen van doña Dulce María. Wat zouden ze te zeggen hebben? Vaak kon ze de geschiedenis van een voorwerp te weten komen door er heel goed naar te luisteren. Geweld en rampspoed, had ze ontdekt, konden zich veel gemakkelijker vastzetten in spullen dan de zachtere

emoties en ze bleven er ook hardnekkiger in zitten.
Lucrecia vond het niet prettig om op Goede Vrijdag te
werken, niet omdat dat volgens de priesters een doodzon-
de was (daar zou Chen Pan toch geen last van hebben),
maar omdat ze bang was voor de afkeuring van buren en
klanten. Lucrecia droeg altijd het boze oog aan een ket-
tinkje om haar hals en ze brandde kaarsen om de lucht te
zuiveren van slechte bedoelingen. Na al die jaren was ze
nog steeds bijgelovig over haar eigen geluk.

Ze moest lachen als ze eraan terugdacht dat ze Chen Pan
in het begin niet had vertrouwd. Die lange *chino*, die zo
mooi was opgedoft en zo lekker rook. Schone nagels. Geen
staart. Hij leek helemaal niet op de andere Chinezen die ze
had gezien: mannen die mandjes groente en fruit aan stokken droegen en Spaans spraken alsof ze water dronken.
Mannen die in deuropeningen zaten, pyjama's droegen en
lange, houten pijpen rookten. Afgezien van zijn ogen en
zijn accent leek Chen Pan precies op alle andere rijke *criollos* die ze op straat zag.

Lucrecia had destijds alleen maar gezien hoe gretig
Chen Pan naar haar zoon keek, alsof hij hem bij zijn ontbijt
wilde verslinden. (Ze had weleens gehoord dat *chinos* in
de winter pasgeboren baby's opvraten.) Ze was zo nerveus
van hem geworden dat ze eerst niet met hem mee had willen gaan. Maar toen had ze gezien dat zuster Asunción op
een balkon van het klooster goedkeurend naar haar wuifde. Lucrecia dacht aan wat de non vaak zei, dat God plannen had die voor de mens verborgen waren. En dus liep ze
achter Chen Pan aan en hield ze haar bange vermoedens
voor zich.

En wat was ze nu stapelgek op hem. Op de manier waarop hij zijn soep dronk, de kom met beide handen vasthield en naar zijn mond bracht. De passie waarmee hij de gedichten van zijn vader in het Chinees voordroeg. Dat hij alleen maar lachte als hij het echt meende. Dat hij zijn gezicht in haar haar verborg als ze de liefde bedreven.

Lucrecia pakte de plumeau van het roestige haakje en begon met de spullen in de etalage. Die kandelaar met de zes koperen pauwen vond ze wel mooi. Daarnaast stond een etalagepop met een compleet uniform en slobkousen aan. Op een voetstuk bij de deur stond een albasten beeld van een naakte vrouw. Lucrecia haatte die zelfingenomen grijns op dat gezicht: net als het gezicht van de vrouwen in de kerk die prinsheerlijk op hun oosterse tapijtjes zaten terwijl hun slaven achter hen op de stenen vloer moesten knielen.

Chen Pan had gevraagd of ze ruimte wilde maken voor de spullen van de weduwe, maar ze wist niet waar ze in de overvolle winkel nog iets kwijt zou kunnen. En als ze ook maar één theekopje naar achteren zou zetten, zou hij daar weer geïrriteerd over raken.

De deurbel ging. Twee *criollas* gekleed in dezelfde jurken kwamen De Geluksvondst binnen. Het was een tweeling. Ze hadden allebei een lila corsage op hun jurk gespeld en hun gezichten glommen als verse vruchten.

'Zoekt u iets speciaals, *señoras*?' vroeg Lucrecia.

Het was vrij donker in de zaak en Lucrecia kon zien dat de vrouwen de teint van haar huid probeerden in te schatten. Ze waren er kennelijk niet aan gewend om *mulatas* aan te treffen in mooie winkels zoals deze. De zusters bewogen hun lippen nauwelijks, dus kon Lucrecia niet goed zien wie er nu eigenlijk sprak.

'Hebt u ook aapjes?' vroeg een van beiden.

Lucrecia ging de dames voor naar de alkoof, waar de dierenbeeldjes stonden. Er was een klein nijlpaard bij dat Lucrecia heel schattig vond, omdat het een grappige kruising leek tussen een varken en een koe.

De zusters zochten de planken tersluiks af, alsof ze behoedzaam op zoek waren naar een prooi. Ze bewonderden een handbeschilderd lammetje en huiverden toen ze een houten luipaard zagen staan. Maar apen waren er niet. Toen ze zich omdraaiden, zag Lucrecia dat een van de zusters een kristallen kikker in de plooien van haar jurk stopte.

Als ze op straat waren geweest, zou Lucrecia de vrouw tegen de grond hebben gewerkt en haar handel hebben teruggeëist (en de andere venters zouden haar daar uiteraard bij te hulp zijn geschoten). Maar in plaats daarvan boog ze zich voorover, deed alsof ze iets van de vloer raapte en imiteerde toen het gekwaak van een kikker. *Kkkwwwaaak, kkkwwwaaak.* Een, twee, drie keren waren ervoor nodig voordat de vrouw de kikker haastig onder een stoelkussen stopte.

Toen ze weg waren, ging Lucrecia verder met afstoffen, iets feller dan daarvoor. De glazen vitrine waar Chen Pans telraam op stond, was bestemd voor religieuze voorwerpen: gebedenboeken en kruisbeelden, twee miskelken en een bisschopsmijter, en allerlei verschillende rozenkransen. Een daarvan, een blauw, versleten exemplaar, lag er al

jaren. Hij deed Lucrecia altijd denken aan de handen van
haar moeder en aan de Afrikaanse gezegden die ze van haar
uit haar hoofd moest leren. *Aseré ebión beromo, itá maribá
ndié ekrúkoro.* Als de zon opkomt, schijnt hij voor iedereen.
Champompón champompón ñanga dé besoá. Wat gisteren
was, is niet vandaag.

Mamá geloofde in Yemayá, de godin van de zee. Op zondag trok ze Lucrecia vaak blauwe en witte kleren aan en
dan gingen ze samen offers brengen op het strand; kokos-
balletjes of gebakken varkenszwoerd als ze dat kon maken.
Ze woonden bij slechte mensen aan de Calle San Juan de
Dios. Mamá had alles voor hen gedaan; ze had eten gekookt op het houtskoolvuur, de marmeren vloeren gewre-
ven, elke dag de lakens gewassen en gestreken. Lucrecia
moest van haar de zakdoeken van hun baas uitkoken, die
altijd zo *mocosos* waren dat ze ervan moest kokhalzen.

De baas kwam elke nacht bij haar moeder. Mamá legde
dan een laken over Lucrecia heen. Ze had haar geleerd om
onhoorbaar te ademen. Een afschuwelijk varkensgekreun,
het bed dat begon te schudden, en dan was hij weer weg
voor een dag. Lucrecia dacht dat dit gewoon bij het werk
van haar moeder hoorde, net als kleren wassen of aardappelen schillen. Mamá stopte lappen tussen haar benen die
roken naar zure melk. Ze legde er nooit iets over uit.

Boem-tak-tak-a-tak. De hele ochtend al waren de boetelin-
gen op het hout aan het slaan. In Havana werd net zo luidruchtig geleden als feestgevierd. Vroeg op de ochtend van
Aswoensdag had Lucrecia mensen gezien met *cenizas* op

hun voorhoofd, maar 's middags aten ze alweer vlees of verkochten ze paarden. Vorig jaar had een Nederlandse non tegen haar gezegd dat de Cubanen immoreel waren. Waar was het nou normaal dat een priester rechtstreeks van de kerk naar het hanengevecht ging zonder zelfs de moeite te nemen zijn driekantige hoed af te zetten? En de priesters hadden meestal een gezin en nog wat maîtresses erbij, zoals iedere man.

Toen de zendelingen Chen Pan hadden opgegeven, probeerden ze Lucrecia te bekeren. 'Bekeren van wat?' had ze gevraagd, terwijl ze hen *cafesito* serveerde met guave en kaas. Ze zeiden tegen haar dat ze in zonde leefde, dat ze met Chen Pan moest trouwen omdat ze anders Gods zegen niet had. Ze hielden de ene preek na de andere. Lucrecia wist dat wat ze zeiden niets met haar te maken had. Als ze ergens in geloofde, dan was het wel dit: als je iemand anders hielp, redde je ook jezelf. En was dat niet wat Chen Pan had gedaan toen hij haar weghaalde bij don Joaquín?

Nee, ze geloofde niet dat er maar één god bestond. Daarom leek het haar beter om voor de zekerheid overal een beetje aan mee te doen. Ze stak hier een kaarsje aan, deed daar een offer en bad tot de goden in de hemel maar ook tot die op aarde. Waarom zou ze zich tot maar één geloof beperken? Ze at toch ook niet alleen maar hamkroketten? Ze hield toch ook niet alleen maar van de geur van rozen? Lucrecia vond het fijn om met Pasen naar de kerk te gaan en te genieten van de *flores de pascuas*, maar ze zag niet in waarom ze elke zondag zou moeten gaan.

Chen Pan daarentegen werd met de jaren steeds minder

flexibel. De laatste tijd zocht hij overal een exclusief Chinese verklaring voor: dat iedereen geboren werd met *yuan*, een lot dat je had meegekregen uit vorige levens, of dat de aarde zich op de rug van een gigantische schildpad bevond, of dat alle niet-Chinezen eigenlijk geesten waren. Dat laatste vond Lucrecia werkelijk het toppunt.

Ze zuchtte terwijl ze een damasten tafelkleed opnieuw opvouwde. Dat immense Spaanse landhuis zat tjokvol met gebrocheerde gordijnen, meters en meters rafelend linnen en kleren van minstens vijftig jaar oud die nodig gewassen moesten worden. Niemand zou die spullen willen kopen (behalve misschien die ene spichtige antiquair uit New York), dus zou alles hier jaren op de plank liggen te schimmelen. En na een tijd zou die schimmelige geur er niet meer uit te luchten of te slaan zijn.

Hoewel Lucrecia in De Geluksvondst ook wel wat kaarsen had, verkocht ze ze meestal op straat. *¡Cómpreme las velas pa' evitar las peleas!* Koop mijn kaarsen en voorkom gelazer! Dat klopte niet helemaal, maar het was moeilijk om een goede slagzin te vinden die waar was en nog goed rijmde ook. En een pakkende slagzin had een even grote aantrekkingskracht op de mensen als een ernstig ongeluk. Het grappige was, en dat vond Chen Pan ook, dat haar klanten beweerden dat die kaarsen inderdaad veel meer rust en vrede brachten in huis.

Vanaf het begin had Lucrecia alles aan het kaarsen maken heerlijk gevonden. De geur van de hete was in de ketel. Dat die was zo zuiver en glad aan de lonten stolde. Dat de kaarsen zo mooi stonden te branden in de kerk en zo snel en moeiteloos slonken, net zoals volgens haar een goed leven zou moeten verlopen. Lucrecia had eens een Franse priores horen zeggen dat er in een maand meer kaarsen in Havana werden gebrand dan in een jaar in Parijs. En Parijs, vertelde ze erbij, was natuurlijk veel groter dan Havana.

Lucrecia bracht haar geld naar de Chinese bank aan de Calle Zanja. Ze had daar een rekening geopend toen Chen Pan kapmessen was gaan bezorgen bij commandant Sian. Beetje bij beetje had ze haar winst op de bank gezet. Een jaar nadat Chen Pan was teruggekeerd uit de oorlog, had Lucrecia hem haar zevenhonderd opgespaarde peso gegeven om zichzelf vrij te kopen. Hij had het geld aangenomen. Hij had toch geen keus? Hij wist dat ze anders zeker niet van hem zou kunnen houden. Maar Lucrecia ging niet weg. Ze zei tegen Chen Pan dat ze graag wilde blijven, als hij dat ook wilde.

Het was een zondag in mei waarop ze voor het eerst de liefde bedreven. Heel vroeg, nog voor zonsopgang. Lucrecia ging in haar hemelsblauwe kamerjas naar Chen Pan toe. Hij stak zijn handen naar haar uit alsof ze de rand van de hemel was. Toen ontstond er een hitte en een verlangen tussen hen, een vreugde die zó groot en onbekend was dat ze moesten lachen en huilen tegelijk.

Lucrecia poetste een zilveren schaal en dacht aan de kinderen die ze sindsdien hadden gekregen. Desiderio was een heel fel jongetje: negen pond krijsende vurigheid. Hij was gevaarlijk knap, met zijn vrouwenlippen en zijn met eau de cologne achterovergekamde steile haar. Hij liet zich door elk gevaar en risico verleiden. Lorenzo was minder flamboyant. Hij had dik, pluizig haar en precies zulke voeten als zij. En Caridad werd geboren met een plekje onder aan haar ruggengraat waardoor ze volgens Chen Pan echt Chinees was. Ze was mooi en fijngebouwd en ze zong als de vogeltjes die ze op het Plaza de Armas verkochten. Lucrecia vermoedde dat Chen Pan het meest van Lorenzo hield. Toen hun zoon negen jaar was, probeerde hij al allerlei ziekten en kwalen te genezen. Chen Pan deed hem in de leer bij een kruidendokter uit F., die gespecialiseerd was in tuberculose. (Als zijn patiënten een maand lang rondliepen met de stinkende pleisters van deze dokter, hoefden ze nooit meer te hoesten.) Vorig jaar december was Lorenzo medicijnen gaan studeren in China. Lucrecia had Chen Pan niet meer zo diepbedroefd gezien sinds de dag dat ze Víctor Manuel hadden verloren. Elke dag bad ze tot Boeddha en alle heiligen om Lorenzo te beschermen.

Het was al bijna etenstijd en Chen Pan was nog steeds niet teruggekeerd van het huis van doña Dulce María. Hadden de zonen van de weduwe soms besloten om de bezittingen van hun moeder toch maar niet mee te geven? Het was in dit vak helemaal niet ongebruikelijk dat men ineens van gedachten veranderde. Een maand geleden was Lucrecia met Chen Pan naar het huis van een gepensioneerde generaal gegaan, die had beloofd dat ze zijn internationale verzameling zwaarden mochten kopen, maar toen ze daar kwamen, dreigde hij hun ineens met diezelfde zwaarden te onthoofden als ze ook maar één voet over zijn drempel zouden zetten.

In hun eigen appartement was er niet veel veranderd sinds Lucrecia twintig jaar geleden naar de Calle Zanja was verhuisd. Er waren geen dure spullen, geen zilver, geen porseleinen borden die kapot konden. Alles was degelijk en functioneel, net als Chen Pan zelf. In de keuken stond een altaar met een beeld van een dikke, tevreden *chino* in kleermakerszit. De eerste dag dat ze hier was, had Lucrecia de boeddha een takje munt gegeven dat ze in haar boezem droeg om haar melkproductie goed op gang te houden. Meer had ze niet om te offeren.

Chen Pan had geprobeerd om haar met stokjes te leren eten, maar Lucrecia kon ze niet goed vasthouden. Ze was eraan gewend om restjes te eten: een beetje rijst of wat aangebrande *malanga*, en af en toe een reepje gedroogd vlees. Dat deed ze altijd met haar handen. Lange tijd deed Lucrecia alsof ze sliep en lag ze intussen te wachten tot Chen Pan haar zou bespringen. Wat natuurlijk nooit gebeurde.

Als ze aan al deze dingen dacht, werd Lucrecia verdrietig en blij tegelijk. Verdrietig omdat ze de vriendelijkheid van Chen Pan eerst niet had herkend, blij omdat die vriendelijkheid in de loop der jaren niet was verminderd. Wat zou er van haar zijn geworden als Chen Pan op die dag in het verre verleden niet de krant had opgeslagen? Soms, dacht Lucrecia, hing het voortbestaan af van zulke kleine toevalligheden.

Haar moeder had niet zoveel geluk gehad. Ze was gestorven aan de gele koorts – dagenlang zwart braaksel, een geur die Lucrecia nog steeds kon ruiken. Mamá was nog geen maand begraven toen don Joaquín naar haar kwam kijken. Hij tilde haar nachtpon op, duwde haar benen uit elkaar en stak een vinger naar binnen. Toen likte hij zijn vinger bedachtzaam af. 'Je bent zover, *puta*,' zei hij. Hij trok zijn broek uit en ging op haar liggen. Toen Lucrecia begon te gillen, sloeg hij haar. Zijn ring haalde haar wang open en veroorzaakte een bloedneus. Toen legde hij zijn hand op haar mond en ging zijn gang.

Het duurde jaren voordat Lucrecia zich realiseerde dat zij zijn dochter was (de gelijkenis met hem was heel treffend) en dat wat haar moeder had doorgemaakt nu ook haar overkwam. Dat Mamá van haar had gehouden, ondanks haar haat voor hem. Dat Yemayá hen had laten overleven.

Ay, Sagrada Virgen, Señora de Regla,
dame tu fuerza y protégenos de nuestros
enemigos...

Toen Lucrecia het een keer had gewaagd om hem Papá te noemen, had don Joaquín zo hard haar keel dichtgedrukt dat ze geen adem meer kon halen. Ze zag witte lichtflitsen en toen helemaal niets meer. Hij sloeg haar wakker. 'Als je dat nog eens zegt, maal ik je botten fijn en verkoop ik je als varkensvoer.' Het weerhield hem er niet van die nacht weer even hard tekeer te gaan.

Vanaf dat moment dwong hij haar om haar ogen open te houden en naar zijn beestachtige gezicht te kijken. Hij sloeg haar als ze met haar ogen knipperde, liet haar dingen zeggen die ze sindsdien nooit meer had herhaald. Lucrecia

Cristina García

droomde jarenlang niet meer. Alles in haar voelde ver-
krampt en ingehouden, gebukt en afwachtend. Dag in dag
uit wachtte ze af en hield haar adem in, zoals ze van Mamá
had geleerd.

Om één uur deed Lucrecia de winkel op slot en liep de
trap op naar hun appartement boven de winkel. 's Ochtends had ze een kip gedood door het beest als een wind-
molen rond te draaien en daarna de nek te breken. Ze had
het vlees gemalen voor in de soep. Nu smolt Lucrecia een
lepel vet in de zwaarste pan die ze had en snipperde vlug
twee uien. Ze pelde en hakte een paar teentjes knoflook
fijn, fruitte de ui en de knoflook in het vet en deed er het
broodkruim van de vorige dag bij.

Lucrecia dacht eraan dat don Joaquín nooit iets anders
wilde eten dan biefstuk. Wat was ze opgelucht geweest
toen hij haar eindelijk naar het klooster had gestuurd!
Daar was het koel, niet zo heet en vuil als in de keuken van
don Joaquín. De afspraak was dat Lucrecia bij de nonnen
zou blijven tot de baby kwam en dat haar baas hen daarna
samen zou verkopen. De zusters namen haar op in het
klooster, ook al was ze ongedoopt, ongeletterd en niet
onbezoedeld, en ze namen haar mee naar de kerk. De
priester zwaaide met een glimmend gouden wierookvaat-
je. Lucrecia vond dat het rook naar duizend stervende
bloemen.

Terwijl de baby in haar groeide, doopte Lucrecia honderden kaarsen in de borrelende vaten kaarsvet. Lange,
smalle witte kaarsen voor de zondagse hoogmis en de hu-
welijksinzegeningen. Dikke, ivoorkleurige kaarsen voor

138

in de sacristie. Pastelkleurige voor allerlei hoogtijdagen. Vergulde votiefkaarsen voor La Virgen de la Caridad del Cobre, de patroonheilige van Cuba. Voor Goede Vrijdag maakten de nonnen donkere kaarsen met teer. *Om de zonden van de wereld weg te branden.*

Boem-tak-tak-a-tak. Boem-tak-tak-a-tak. Steeds luider klonk het gebons, nadrukkelijker, alsof al haar buren aan het rouwen waren geslagen. Lucrecia maakte de kippensoep af en ging naar beneden, naar De Geluksvondst.

Er stond een klant voor de winkeldeur te wachten met een gezicht dat haar deed denken aan de oude landkaarten van Chen Pan. Ze liet hem binnen, maar ze verstond geen woord van wat hij zei. Probeerde hij Spaans te spreken? Meestal kon ze aan het accent wel horen welke taal een vreemde sprak, maar dit klonk anders dan alles wat ze ooit had gehoord. Ze gebaarde naar de man dat hij rond mocht kijken en wees hem op spullen die voor hem misschien interessant waren: de vergulde koekoeksklok, de rozenhouten kaptafel, de Mexicaanse kandelaars.

Uiteindelijk kon ze zijn ingewikkelde verhaal begrijpen. Hij was een *taxidermista* uit Polen, iemand die dode dieren prepareerde! Lucrecia begon te lachen en schudde haar hoofd. Ze wilde zeggen dat ze wel een paar mannen kende – vrienden van Chen Pan, en zeker zeldzame figuren – die wat haar betrof meteen mochten worden opgezet. Maar in plaats daarvan zei ze tegen de man dat hij aan het verkeerde adres was.

De rest van de middag bleef het stil. Lucrecia werd onrustig. Ze moest maar een advertentie zetten voor haar processiekaarsen. Die werden altijd erg goed verkocht voor het lentefestival en ze vond het prettig om de advertentie op tijd te plaatsen. Bovendien kon ze dan even naar het kantoor van de Chinese krant aan de Calle San Nicolás. Daar keek ze naar de mannen die piepkleine blokjes met Chinese karakters kozen uit de duizenden die er waren. Later staarde ze naar de koppen in de krant en vroeg ze Chen Pan om ze hardop voor te lezen. Ze herhaalde ze dan net zo lang tot ze er een paar regeltjes bij had geleerd.

Maar Chen Pan had geen geduld om haar Chinees te leren. Het kleine beetje dat Lucrecia kende, had ze op straat opgepikt of geleerd van haar vriendin Esperanza Yu. Dat was niet altijd de meest verheven taal. Lucrecia had genoten van de verschrikte uitdrukking op het gezicht van Chen Pan toen ze met een paar fraaie obsceniteiten was thuisgekomen. Andere *cubanos* die winkels hadden in Chinatown, leerden ook wat Chinees. Ze spraken een soort *chino-chuchero*, net als zij.

Toen ze verhuisde naar de Calle Zanja, was er geen winkel zó winstgevend als die van Chen Pan. Tegenwoordig waren er kruideniers en hotels, drogisterijen, bakkerijen en goktenten, en zelfs twee boeddhistische pagodes. En iedereen wist dat de Chinezen het beste ijs van heel Havana maakten. Op zondag kwamen de mensen daar van heinde en verre op af.

Het was natuurlijk zo dat ze best kon gaan winkelen in de Mercado de Cristina of in de chique winkels aan de Calle Obispo; ze kon stof en linten kopen bij St. Anthony's of een dure taart bij Goddess Diana. Maar wat moest ze nou met dat soort onzin? Alles waar ze van hield, kon ze in Chinatown kopen: tamales met gerookte eend, in dunne reepjes gefrituurde zoete aardappelen. Haar lievelingsdessert was ook Chinees: cake met zoveel sesamzaad dat het *chino con piojos* werd genoemd, Chinees met vlooien.

Ze voelde zich nu echt thuis in Chinatown. Ze was gehecht geraakt aan alle geuren en geluiden die ze ooit zo vreemd had gevonden. Zou ze ooit een kip kunnen braden zonder gember? Of iets belangrijks kunnen beslissen zonder offergaven aan Boeddha? Lucrecia had haar kinderen ook gestimuleerd om Chinees te leren, maar alleen Lorenzo had daar belangstelling voor.

Vorige herfst was ze met haar zoon naar het Chinese theater aan de Calle Salud geweest. Het was prachtig, net Kerstmis met al dat rood en goud. Er waren acrobaten uit Shanghai die op elkaars schouders klommen en als een stelletje uitsloverige vogels door de lucht vlogen. Zangers in satijnen kostuums jammerden over verloren liefdes en de bitterzoete gaven van het voorjaar. En dan de muziek: een geschetter van cimbalen en trommels dat niet sterker had kunnen verschillen van de Cubaanse *danzón*.

Om vier uur kwam er een gigantisch rijtuig voorrijden bij De Geluksvondst. Chen Pan wees naar de afgeladen kar die daar nog achter was gehangen. 'We moeten de zaak van de buren maar overnemen!' zei hij lachend, en zo hard dat de hele buurt het kon horen.

Soms twijfelde Lucrecia wel aan haar afkomst, maar ze twijfelde nooit aan wie ze was geworden. Ze heette Lucrecia Chen. Ze was zesendertig jaar, ze was de vrouw van Chen Pan, de moeder van zijn kinderen. En ze was Chinees, in hart en nieren.

Pruimen

Chen Fang

SHANGHAI
(1939)

Ik gaf al twaalf jaar les toen ik Dauphine de Moët ontmoette. Ze was de moeder van drie jongens bij ons op school. Haar kinderen werden overal geëscorteerd door een paar Wit-Russische lijfwachten. Ontvoeringen, altijd al een lokale specialiteit van Shanghai, vormden nu een ware plaag. Toch waren dit zelfs voor Shanghai extreme maatregelen. De man van Dauphine, Charles de Moët, was een Franse zakenman en voormalig diplomaat. Hij had gespeculeerd op de beurs van Shanghai en aandelen gekocht van een leerfabriek, waar later laarzen werden gemaakt voor de Japanse bezetter. De familie De Moët woonde in een Frans landhuis met veel antiek en veel personeel. Ik heb D. een keer uit dat huis zien komen. Hij was de gangster die Shanghai destijds terroriseerde.

Dauphine had me uitgenodigd op de thee om de rapportcijfers van de jongens te bespreken, die verre van bevredigend waren. Het was zondag en Dauphine deed zelf open. Ik keek naar haar mollige handen terwijl ze de zeldzame jasmijnthee inschonk. Er waren snoepjes in karmozijnrode papiertjes en miniatuurtaartjes met slagroom.

143

Dauphine droeg een Chinese zijden jurk. Haar lange, blonde haar viel soepel over haar schouders.

Ze keek naar elke beweging die ik maakte, naar mijn onzekere lippen waarmee ik de woorden vormde. Ze zei tegen me dat ik mooi was. Niemand had dat ooit eerder tegen me gezegd. Ik voelde dat mijn wangen begonnen te gloeien. Dauphine had een fantastische bibliotheek; ik mocht alle boeken lenen die ik maar wilde. Ze hield ook erg van schilderen en ze liet me een aquarel zien van een gevlekt strijdros, dat ze heel goed had getroffen. Het dier galoppeerde naar de kijker toe alsof het elk ogenblik uit het doek kon springen. Haar andere schilderijen waren niet zo goed, maar hadden wel een rijke, poëtische lading.

Die winter van 1928 werd ik vaak uitgenodigd op de thee. Het waren bitter koude maanden waarin de wind onbarmhartig door je kleren sneed. Mijn bezoeken verliepen altijd hetzelfde: een leeg huis, de dampende thee, de beminnelijke aandacht van Dauphine. Soms droeg ze een kristallen halsketting waarin het vage winterse licht werd gevangen of een sjerp die ze twee keer om haar middel had geknoopt.

Dauphine vertelde me dat ze was opgegroeid in de Elzas en dat ze een enorme hekel had aan de Duitsers. Ze had ook twee jaar in Brazilië gewoond, waar ze op de Amazone had gevaren en een keer had gezien dat een paard tot op het bot was opgevreten door piranha's.

Haar man was tijdens de Eerste Wereldoorlog de Franse consul-generaal geweest in Havana. Dat was de tijd van de Dans der Miljoenen, vertelde ze, toen de Cubanen in korte tijd schatrijk werden van de suiker. Langs de boulevards werden de mooiste paleizen gebouwd en je zag de duurste auto's rondrijden. Ze vertelde dat de Cubanen, net als de Spanjaarden, een kruid gebruikten in de rijst waardoor die de kleur kreeg van kumquats.

Dauphine had veel foto's van Havana, waaronder een van een oude Chinese man die in een deuropening een pijp stond te roken. Ik vond het leuk om me voor te stellen dat die man misschien mijn vader of mijn grootvader had gekend. Ze speelde vaak Cubaanse muziek op haar grammofoon. In het begin vond ik die muziek heel vreemd klinken, maar langzamerhand begon ik de krachtige trommels en de hartverscheurende stemmen van de zangers mooi te vinden. Dauphine liet me zien hoe ik moest dansen als de Cubanen; ze hield me stevig vast en liet me mijn heupen bewegen.

Er was een oude club in Havana, vertelde Dauphine me, waar de vrouwen smokings droegen en elkaar op de mond kusten. Ze dronken rumpunch, ze staken de sigaren van hun geliefden aan en maakten hun tanden schoon met zilveren tandenstokers. Als ik naar haar luisterde, wist ik dat ik helemaal niets wist.

Af en toe kookte Dauphine voor me. Niets bijzonders, alleen simpele dingen. Ons favoriete hapje bestond uit geroosterde boterhammen met ham en kaas – *croque-monsieurs* – die ze serveerde met kleine augurkjes en bier. Of ze stoomde mosselen in wijnbouillon en stond erop om me die een voor een te voeren.

Ze vroeg me dingen over mijn leven. Ik vertelde haar

over de stenen muur om ons bergdorpje die de bandieten buiten moest houden. Over mijn moeder die zo mooi als een prinses op haar bed lag, gehuld in een wolk opium-rook. Over de muskusherten die een keer in het voorjaar alle bladeren van de bomen hadden gegeten. Over de gei-ten die een mysterieuze ziekte hadden gekregen waardoor ze opzwollen en doodgingen. Wat kon ik nog meer vertel-len?

Op mijn dertigste verjaardag liet Dauphine haar kok een traditioneel noedelgerecht bereiden dat een lang leven moest garanderen. Ze wist dat ik veel van groene pruimen hield en gaf me een prachtige jade schaal die er tot de rand mee was gevuld, hoewel het allang niet meer het seizoen was voor pruimen.

'Voor mijn geliefde Fang,' fluisterde Dauphine toen ze me het fruit gaf.

'Je bent veel te goed voor me,' antwoordde ik terwijl ik naar de grond keek.

Die dag werden we geliefden.

De moeilijkheden van die tijd verdwenen op de achter-grond. We leefden een verborgen leven, als in een duizend-jarige droom. Achter de geurige rij kaarsen bestond voor mij alleen nog haar gezicht, de streling van haar doelge-richte vingers, de spontane lach van haar verrukking. Bij elke omhelzing steeg er een golf van bloed tussen ons om-hoog. Ver weg van het felle, kritische licht droeg ik voor haar alle liefdesgedichten voor die ik als kind uit mijn hoofd had geleerd.

De suikeroogst van La Amada

Maar vreugde, leerde ik al snel, is alleen maar een voorbijgaande overgangsfase tussen het ene verdriet en het volgende.

Die herfst nam Dauphines echtgenoot zijn gezin mee terug naar Frankrijk. Er was sprake van keldernde beurzen, van een verloren gegaan fortuin. Zoveel rood stof. Ik keek naar haar oorbellen, naar de lange, dunne hangers die haar schouders raakten. Ze gingen terug naar Parijs, vertelde ze me, om de geleden schade te herstellen.

Dauphine gaf me een ivoren rugkrabber, haar hoed van konijnenbont, een lok haar gewikkeld in rijstpapier en, op het laatste moment, het schilderij van het gevlekte strijdros. Ik kon een jaar lang niet slapen. Mijn huid werd vaal en over mijn ogen viel een dof waas. Waar bleef het verleden, vroeg ik me steeds weer af, als je er niet eens over kon vertellen?

Het geluk dat ik had gekend, liet me verschroeid en met veel pijn achter. De woorden van Tao Te Ching begreep ik nu pas goed:

De reden voor al onze pijn is dat we een lichaam hebben.
Als we geen lichaam hadden, wat zouden we dan voor pijn lijden?

Vroeger heb ik in de bergen eens een slang gezien die aan het vervellen was. Het begon in zijn nek, waar een klein spleetje verscheen; daarna scheurde het geelbruine lijf zich helemaal open. Toen het proces voorbij was, was het nog steeds hetzelfde dier, maar dan glanzender en nieuwer.

Soms, als ik lesgeef, zie ik mezelf terug in de jonge meisjes en vraag ik me af: zullen zij ooit hun ware ik leren kennen?

Toen Dauphine was vertrokken, ging het alledaagse geluk totaal aan mij voorbij: de warmte en het lawaai van de opera, de smaak van geroosterde eend met peper en zout, de warmte van de zon wanneer ik 's ochtends naar school liep. Ik droomde elke nacht hetzelfde. Een vrouw, niet ik, verdrinkt in een rivier. Het water loopt haar longen in. Haar haar is lang en raakt door de stroming los. Ze trekt het er met haar vuisten uit tot de rivier netjes door de zwarte draden stroomt.

De volgende zomer ontmoette ik een sjamaan aan de rand van Shanghai. Twee dagen lang keek ik naar hem terwijl hij om zijn vuur draaide en luisterde ik naar zijn klagerige gezang tot ik in trance raakte. En dat was het moment waarop ik Dauphine terugzag: aantrekkelijk in een frisse linnen jurk zat ze te vissen aan de blauwste rivier ter wereld. Ik riep haar en zonder om te kijken knikte ze. Toen haalde ze een rijpe pruim uit het water. Het regende, veel en langzaam: zo'n regen die dagenlang kan aanhouden. Ik riep Dauphine weer en opnieuw knikte ze. Haar blonde haar golfde als een nieuwjaarslantaarn terwijl ze nog een pruim uit het water haalde. Ik probeerde dichterbij te komen, maar ik werd tegengehouden door een straffe wind. Toen ik wakker werd, wist ik dat ik haar voorgoed was kwijtgeraakt.

Jarenlang zwalkte mijn hart in mijn borst, sliep de wind in mijn lege handen. Mijn leven lag uit elkaar gevallen op de grond, als niet-opgeveegde bloemblaadjes na een storm. Ik hield me urenlang bezig met *ch'an*-meditatie, op zoek naar vrede. Misschien kon ik wel worden als de wijze Chieh-yü, die deed alsof hij gek was en als kluizenaar leefde om het contact met de mensen te vermijden.

Ik had geen geduld meer met mijn leerlingen. Slechts één op de honderd luisterde echt naar wat ik zei. De rest was even geïnteresseerd als een troep apen geweest zou zijn. Wat kon ik hun trouwens leren? Dat kennis belangrijker was dan liefde? (Dat geloofde ik zelf niet meer.) En dan die kleinzielige collega's van me, die zaten te zeuren over materialen en werktijden. Hoe kon ik nog langer door de treurige gangen van die school lopen en doen alsof ik lerares was? Doen alsof ik rustig was vanbinnen?

Ik dwong mezelf om serieus na te denken over de voorzichtige toenaderingspogingen van bepaalde mannen: de kleine drogist met zijn rimpelige handen of de inspecteur van het district, die een hele avond voor me zong met zijn aandoenlijke bariton. Onmogelijk! Konden ze dan niet zien hoe ongeschikt ze voor mij waren?

Een van de afgewezen mannen zei beschuldigend: *Het is altijd weer het hondenhart van de vrouw dat ervoor zorgt dat mannen nooit vrij kunnen zijn!*

Was dit wat het leven mij had toebedeeld? Dat ik alleen in een korte liefde het geluk had leren kennen?

Cristina García

Mijn bed is zo leeg dat ik steeds wakker schrik:
Terwijl het kouder wordt, begint de nachtwind te waaien.
Hij ritselt in de gordijnen, ruist zoals de zee:
O, waren het maar golven die me terug konden brengen
naar jou!

Ik twijfelde niet aan het bestaan van een geheime taal die alles wat ik had verloren weer terug kon brengen. Maar hoe moest ik die taal leren? Ik ging weer naar de sjamaan en smeekte hem om me te laten vergeten. En dat lukte, een tijdje. Ik leefde als een insect in barnsteen, afgeschermd van mijn herinnering. Maar beetje bij beetje kwam alles toch weer terug, in levensechte flitsen. Als een koppige oude vrouw die met stenen gooit in de tempel, bleef ik op een wonder hopen. Dat natuurlijk nooit gebeurde. En ik raakte weer gewend aan de leegte.

Een paar jaar geleden begon ik urnen te verzamelen. Ik zette ze tegen de muren van mijn slaapkamer. Een van de handelaren in tweedehandsspullen, meneer Yi, vroeg aan me waarom ik zo gefascineerd was door de ornamenten van de dood, maar die vraag kon ik niet beantwoorden. Ik dacht erover om planten in de urnen te zetten, maar daar waren de urnen niet geschikt voor en ik kon het idee dat de planten er een zekere dood in tegemoet zouden gaan, niet verdragen.

Vaak denk ik aan mijn zoon, die al bijna een man is. Ik heb Dauphine niet over hem verteld, ik weet niet waarom. Ik heb een zoon, even oud als haar jongste. Een jongen die zonder mij is opgegroeid. Hoe zal het met Chih-mo gaan?

Is hij boos op me omdat ik hem heb verlaten? Wat heeft de familie van zijn vader hem verteld? Weet hij dat ik nog leef?

De magnolia voor mijn raam heeft niet gebloeid. Er zitten kraaien in de takken, dertig of veertig tegelijk. In mijn bloempotten staat geen lente-ui meer. Op zaterdagochtend, na een hele nacht regen, zag ik een gestreepte slak die over mijn balkon kroop. Waar was hij vandaan gekomen? Hoe had hij die paar treurige bakjes met aarde van mij weten te vinden?

Het is weer zomer. Ik ben veertig jaar, het jaar dat het leven van de vrouw in tweeën verdeelt. Ervóór ben je in meer of mindere mate mooi. Er is kans op meer kinderen. Je hebt recht op wat ijdelheid. Daarna is het niet netjes meer om aandacht te besteden aan je uiterlijk. De man besteedt minder tijd aan het lichaam van zijn vrouw en haast zich zijn eigen lusten te bevredigen. Of schenkt, als hij rijk genoeg is, zijn hartstocht aan een concubine.

Het tweede deel van het leven van de vrouw is lang en bitter. Bevrediging ontleent ze alleen aan het vinden van een goede vrouw voor haar zoon, aan het bemachtigen van een flinke bruidsschat voor haar dochter. Ik zeg dat wel, maar ik leid niet het leven van een echte vrouw. Ik leef als een man, als minder dan een man, alleen in mijn twee kamers.

De gastvrije jaren zijn voorbij. De Japanners zijn overal. Op elk dak wappert hun vlag met de wrede rode zon. De stad is kaalgeplunderd en uitgehongerd, op de velden om ons heen staat niets dan stoppels. Alleen dezelfde troep vette honden vreet zich vol aan de lijken.

Er wordt gezegd dat er geen klaprozen meer op de velden staan, dat het gevaarlijk is om water te drinken omdat het is vergiftigd door de doden. Anderen zeggen dat op sommige plaatsen de regen zwart is van wraak. Uit mijn kraan komen maar een paar druppeltjes. Ik zet mijn pannen op het balkon zodat er regenwater in valt, dat ik dan een uur kook voordat ik het drink. Dat water neem ik in flessen mee naar school. Ik spaar zoveel water op dat ik me eens per week kan wassen.

Ik heb al in geen maanden meer mijn salaris gekregen. Hoe ik het red, weet ik zelf niet eens. Ik ga van huis naar school, van school naar de markt en dan weer naar huis. Op de markt is niet veel te koop: verlepte kool, een paar ons gedroogde mie. Ik maak soep van het weinige dat ik kan bemachtigen, of ik bak een beetje tofu voor bij de rijst. Ik heb aardappelmeel en sesamolie voor wat extra smaak. Meestal smaakt alles me hetzelfde.

's Avonds kijk ik de opstellen van mijn leerlingen na, zet ik thee en zit ik uren te lezen. Lezen is de enige luxe die ik heb. Het beschermt me niet tegen de honger en redt me niet van de dood. Het weerhoudt me er alleen van om de hele nacht te slapen. Maar als ik me onderdompel in de bescherming van andere werelden, vind ik toch een bepaalde rust.

Als ik me niet kan concentreren, ga ik op mijn balkon staan en kijk ik naar de maan. De maan staat alleen aan een heldere of een bewolkte hemel, en verlicht niets. Ik herinner me dat ik als meisje naar diezelfde maan keek. Ik stelde me voor dat het een toverparel was die al mijn dromen werkelijkheid kon laten worden. Maar wat had ik toen te wensen?

In China zeggen ze dat het grootste geluk van de vrouw is om zonen te krijgen en hen voor te bereiden op de toekomst. Ik vraag me dan af wat mijn plaats is. Ik ben geen vrouw en geen man, maar een steen, een boom die jaren geleden door de bliksem is getroffen. Alles wat daarna is geweest, telt niet mee.

Kleine wereld

Domingo Chen werd vlak voor zijn twintigste verjaardag uit het ziekenhuis ontslagen. Zijn riem drukte pijnlijk op zijn buik, op de plek waar de granaatscherf hem had verwond. Dat was een maand nadat hij voor zijn tweede periode in Vietnam had bijgetekend. De landmijn had vier ledematen van drie verschillende mannen opgeëist. Hij was alleen een stuk darm kwijtgeraakt, zijn gladde borst was nu wat minder glad en zijn nieuwe tatoeage was onherkenbaar geworden. Het was een reproductie van een bidprentje van Santa Bárbara, die hij tijdens zijn verlof op China Beach had laten zetten.

Hij was die tatoeage niet eens helemaal kwijt. Rond de littekens kon je hier en daar nog wat groene en blauwe vlekjes zien. Onder zijn linkertepel zat nu een scheef oog, en vlak boven zijn navel een kleine hand, die wild zwaaide als hij moest lachen. De bril van zijn grootvader was heel gebleven, maar kennelijk bracht hij geen geluk meer. Toen de Amerikaanse gevechtshelikopters vergeldingsacties kwamen ondernemen voor die mijn, had Domingo bomen, met wortel en al, door de lucht zien vliegen.

De suikeroogst van La Amada

In het ziekenhuis had hij het moeilijk gevonden om het advies op te volgen dat zijn vader hem zo lang geleden had gegeven. *Kijk nooit met belangstelling naar het lijden van andere mensen.* Hoe kon hij dat vermijden? Overal waar Domingo keek, zag hij pas verbonden mannen. Verminkt, vol wonden, ijlend van wanhoop. Het fascineerde hem dat hun geest de hevige pijn kennelijk met allerlei prettige visioenen probeerde te compenseren: de onaantrekkelijke verpleegster werd een erotische godin en een soldaat was ervan overtuigd dat zijn verloren gegane penis een bloeiende kersenboom was geworden.

Om de tijd door te komen gokte Domingo met de andere patiënten in de gangen van het ziekenhuis of hij rookte hasj bij een open raam, met dank aan de sympathieke ziekenbroeder die de hele afdeling daar ruim van voorzag. Domingo verbaasde zich erover dat er zoveel zwarte soldaten vernoemd waren naar presidenten: Washington, Roosevelt, Lincoln en Jefferson. In Cuba was dat net zo: daar was een op de tien jongens een kleine Fidel. De blanke Amerikaanse officieren hadden meestal simpele namen, zoals John of Bill of Fred. Voorzover Domingo kon beoordelen, werd hun missie onduidelijker naarmate ze een hogere rang hadden.

Soms werd er gevochten op de afdeling. Mannen die een arm of een been misten en verder beperkt werden door de pijn en de morfine-infusen, bekogelden elkaar met alles wat ze maar te pakken konden krijgen, van injectienaalden tot urinezakken. De marechaussee werd gestuurd om de orde te herstellen, maar de verminkte soldaten raakten nog meer van slag door de aanblik van die sterke, ongeschonden mannen. Trouwens, wat werd er van de marechaussee verwacht? Dat ze verminkte soldaten in de boeien zouden slaan? De kleine, gepommadeerde aalmoezenier kwam na elk gevecht even langs. Hij moest de mannen ervan overtuigen dat alles in orde zou komen terwijl iedereen zeker wist dat het nooit meer goed zou komen. Wat was er trouwens nog van hen over om te redden? En zelfs als ze lichamelijk zouden herstellen, zouden ze in hun hoofd nog niet genezen zijn. Domingo vond dat de aalmoezenier op een vreemde, nadrukkelijke manier sprak, alsof zijn zinnen zwaarder wogen dan die van ieder ander. Alsof ze werden uitgesproken door een dode. Na afloop kon Domingo zich nooit meer herinneren waar die ruzies om begonnen waren.

Buiten dreigde het te gaan regenen. Domingo keek naar de dikke wolken en dacht aan de monnik uit Hue, die zich in een drukke straat in Saigon met benzine had overgoten en zichzelf toen in brand had gestoken. Hij had de beelden ervan gezien op de Cubaanse televisie en een reportage over de na-apers die zijn voorbeeld hadden gevolgd. 'Moet je dit eens lezen!' Zijn moeder had hem vol walging de krant in handen geduwd. 'Ik ben benieuwd wat je vader daarover te zeggen heeft!' Madame Nhu, de schoonzus van de Vietnamese president, had al die zelfopofferingen een 'barbecuefeestje' genoemd en gezegd: 'Laat ze maar branden, wij applaudisseren wel.'

In Le Loi Street kwam Domingo langs een man die twee

bevruchte eendeneieren te koop had. Domingo wist dat de eieren, gekookt en gezouten, een delicatesse waren in Vietnam. Hij kocht ze voor te veel geld en stopte ze voorzichtig in de zak van zijn kogelvrije vest. Van een andere straatventer kocht hij een rijpe abrikoos. Het was winter en de lucht was koud. Domingo ging naar Cholon, de Chinese wijk. Hier waren nog meer straatventers, die met mandjes groenten aan bamboestokken rondliepen of op de grond gehurkt zaten achter matjes met bananen, suikerappels, batterijen of sigaretten. Een tandeloze vrouw had één boek te koop.

Het geluid van een schrille fluit bereikte Domingo, maar hij kon niet bepalen waar het vandaan kwam. Overal lag afval – rottende schillen en smerige, schimmelige rommel in vale, vieze kleuren. Domingo dacht aan wat zijn moeder weleens zei, dat elk mysterie voortkwam uit de dood of de stervenden, omdat de dood de kleur was van alles.

Mamá was voorzitster geworden van de Cubaanse Artsen in Solidariteit met de Vietnam-Brigade, afdeling Guantánamo. Napalmslachtoffers werden voor behandeling naar Cuba gestuurd. Kinderen zonder ogen en oren en voeten. Toen zijn moeder hoorde dat Domingo in Vietnam voor de Amerikanen vocht, had ze hem nooit meer geschreven.

Na de Varkensbaaicrisis had Mamá voorspeld dat de Amerikanen het eiland opnieuw zouden binnenvallen. Maar Papi had gezegd dat de *yanquis* geen bedreiging meer waren. Moet je zien wat ze eten, had hij gezegd: pizza en biefstuk en zoete chocoladetaart. Als je dat eet, kun je toch geen oorlog winnen?

Papi vond de revolutie veel gevaarlijker dan de Verenigde Staten. Hij zat vaak de artikelen over China te bestuderen die hij had verzameld sinds de communisten aan de macht waren. 'Miljoenen mensen verhongeren op het platteland in naam van de revolutie. Hoe kunnen we dan die *descarados* in Cuba steunen die hier hetzelfde doen?' Papi had volgehouden dat de revolutie niet kon slagen omdat die alleen op ideeën was gebaseerd, niet op mensen. 'Die arrogantie van El Comandante om alles anders te noemen! Alsof hij de toekomst kan bepalen!'

Het eerste wat Domingo dacht toen Tham Thanh Lan de deur opende, was dat Danny Spadoto had gelogen. Ze rook helemaal niet naar kokos. Nee, ze rook naar de tijgerbalsem die alle Vietnamese prostituees gebruikten om een slappe penis omhoog te krijgen. Tham Thanh Lans ogen werden even groot, alsof ze hem herkende, maar kregen toen weer dezelfde vermoeide blik. Haar lippen waren vol en klaproosrood. Ze kwam Domingo bekend voor, alsof hij haar als kind had gekend.

Hij had elk gerucht gehoord: dat de hoeren hier glasscherven in hun vagina hadden, dat ze ongeneeslijke geslachtsziekten overbrachten, dat hun slachtoffers met sponzige hersens de rest van hun leven in quarantaine moesten doorbrengen op een paar eilanden in de Stille Oceaan die Uncle Sam daarvoor had bestemd.

Domingo hield een pakje omhoog dat hij netjes had ingepakt in gestolen ziekenhuisverband. Tham Thanh Lan staarde er geschrokken naar, alsof het iets was wat ze zelf had weggegooid en nooit meer terug had willen zien. Hij bleef haar een beetje dommig het pakje voorhouden hoewel ze het niet aanpakte. Hij probeerde te glimlachen. Zijn tanden voelden vreemd groot aan in zijn mond.

Tham Thanh Lan nam het pakje toch van hem aan, wikkelde het verband eraf en bekeek schijnbaar terloops de inhoud: de laatste foto van Danny Spadoto, met zijn kin op de onderste tak van een kapokboom, de halfopgerookte sigaret die Domingo tussen zijn dode lippen uit had gehaald, Danny's glimmende identiteitsplaatje en zijn ring van de middelbare school met de namaakrobijn – Newark High, 1966. Ze bekeek de ring heel zorgvuldig, woog hem in haar hand en stopte hem in een verborgen zak van haar satijnen broek.

'Hij heeft me over je verteld,' begon Domingo. Hij wilde zeggen dat Danny van haar had gehouden maar hij wist niet zeker of dat wel waar was. Domingo had wat er van zijn vriend over was uit de broodvruchtboom geplukt en in een lijkzak gestopt. Hij was erbij blijven zitten, ziek van verdriet, tot rond etenstijd de helikopter was geland, precies volgens schema, om de doden op te halen.

Tham Thanh Lan wilde de deur dichtdoen maar Domingo hield haar tegen. 'Toe...' Hij probeerde niet zeurderig te klinken. Zijn hart ging tekeer, net als toen hij met zijn oom de Sierra Maestra had beklommen. Tham Thanh Lan liet haar starende blik over hem heen gaan: de stoppels op zijn pasgeschoren hoofd, zijn door het verband verdikte middel, de bobbel in zijn broekzak die duidde op een veelbelovende bundel bankbiljetten.

'Waar kom je vandaan?' vroeg ze kortaf.

'Uit Cuba,' zei hij. 'Ik kom uit Cuba.' Hij begon er genoeg van te krijgen om dat steeds maar weer aan iedereen te moeten vertellen.

'Wat is er met je gebeurd?' Haar stem klonk hoog en dun, als een okónkolo-trommel.

Domingo wist niet hoe hij dat moest uitleggen. Dat hij de duisternis nu in zijn binnenste droeg. Dat hij bij elk geluid ineenkromp als ze door de jungle marcheerden. Hij wilde vertellen over de bossen met rubberbomen die hij had gezien, over het olifantsgras en de vlammend rode bloemen van de klimplanten die hem aan Cuba deden denken. In Vietnam, had hij gemerkt, bloeide alles tegelijk: niet met horten en stoten zoals in New York, waar in de herfst de bomen kaal werden. Wanneer was dat onschuldige Vietnamese groen veranderd in camouflagekleuren?

Domingo stak zijn hand in zijn zak, haalde er de twee eendeneieren uit en gaf ze aan haar. De abrikoos gaf hij haar ook.

Tham Thanh Lan liet hem binnen en zette water op in een oude tinnen ketel. De kleine kamer vulde zich met stoom. Aan het plafond hingen dikke druppels. Domingo rook de sterke geur van fermenterende vis. Tham Thanh Lan zei dat ze de eendeneieren liever zou laten uitkomen maar dat de kuikens in Saigon binnen de kortste keren zouden worden gestolen. Het was beter om ze meteen op te eten. Ze sneed de abrikoos in veel plakjes en serveerde ze op een gebloemd bord.

Hier en daar lagen wat legerspullen op de keukenplan-

ken: gespen, veldflessen, een handjevol gebruikte ammunitie, een helm met doorgekraste cijfers. Aan een haak in
de hoek hing een slangenhuid van meer dan een meter
lang. De gele ruitjes op het vel waren vervaagd tot goud.
Een van de muren werd bijna helemaal in beslag genomen
door een grote, gekreukelde kaart van Vietnam, met veel
inktvlekken. Daarnaast stond een smal, netjes opgemaakt
bed, zo groot als een kinderbed, met zweetvlekken in de
lakens.

Toen de eendeneieren waren gekookt, pakte Tham
Thanh Lan haar ei en maakte de zachte, doorschijnende
schaal open. Ze dronk het vocht eruit, strooide peper en
zout op de dooier en begon die op te lepelen. Ze at er een
paar *thom*-blaadjes bij. Domingo gaf haar zijn ei en dat at
ze ook op.

Domingo begon verhalen te bedenken die hij haar kon
vertellen. Over die keer dat een groepje Jamaicaanse nege-
rinnen zijn Abuelo Lorenzo had achtervolgd door de haven van Santiago omdat ze zijn kuisheidspoeder wilden
proberen. Of dat zijn Tío Desiderio eigenaar was van de
beruchtste goktent van Havana en een Brits pistool droeg
op zijn kuit. Of dat zijn vader de beste garnalendumplings
maakte van Guantánamo, misschien wel van heel Cuba.
Maar Domingo betwijfelde of ze hier wel iets van zou
snappen.

In plaats daarvan deed hij zijn t-shirt omhoog en liet
haar zien waar de granaatscherf hem had opengereten en
de legerarts hem weer had dichtgenaaid.

'Raak eens aan,' zei hij.

Toen ze dat niet deed, pakte Domingo haar hand en leidde die langs de littekens. Haar nagels waren lang en krabden een beetje. Hij speelde met haar handen, eerst heel voorzichtig, vinger voor vinger, en bracht ze toen naar zijn lippen.

De stortbui kletterde op het dak, liet de lege glazen potten rinkelen en blies de verschoten slangenhuid van het haakje af. Het stugge gordijntje werd bij elke windvlaag omhoog geblazen. Er vlogen een paar afgerukte bladeren door het open raam naar binnen. Het ene moment was Tham Thanh Lan nog gekleed in bleke zijde, het volgende moment zag hij haar onbevangen blote huid. Zijn ogen deden pijn toen hij haar helemaal probeerde te bekijken.

Hij dacht aan het bordeel waar zijn Tío Eutemio hem mee naartoe had genomen toen hij veertien was. De vrouwen waren gekleed als geisha's, schoolmeisjes, gevangenen en meerminnen met gespikkelde rubbervinnen. De achterkamer, werd gezegd, was ingericht als middeleeuwse kerker; daar zat een ondervoed meisje met een antieke kuisheidsgordel aan die vooral erg populair was bij de slotenmakers uit de wijde omtrek. De eerste keer had Domingo een *negra* met hangborsten uitgekozen die hem aan zijn moeder deed denken.

Domingo bracht zijn gezicht vlak voor dat van Tham Thanh Lan. Haar ogen waren geopend maar hij bespeurde geen nieuwsgierigheid. Haar tepels waren donkerbruine munten. Overal waar hij haar kuste – de lichte bolling van haar borsten, haar dunne, pezige benen – kwamen nieuwe geuren te voorschijn. De pinangnoten waar haar vader op

had gekauwd op de dag dat hij Tham Thanh Lan had verkocht aan een straatventer in vissaus. De bananenpudding
die ze op zondag altijd voor hem maakte. De geur van de
mannen die de venter een paar *dong* per persoon betaalden
om naar bed te gaan met het meisje uit het noorden.

Aan de binnenkant van het rechter dijbeen van Tham
Thanh Lan zat een rijtje cijfers, die roken naar vijandig metaal. Ze vertelde Domingo dat die cijfers de identiteitscode
waren van een jaloerse Republikeinse generaal. En de littekens tussen haar benen – ze deed ze wijd uit elkaar zodat
hij ze kon zien – waren veroorzaakt door diezelfde generaal, die haar een keer aan het bed had vastgebonden en
haar met zijn dolk had gepenetreerd. Tham Thanh Lan
had twee dingen te horen gekregen toen ze bijkwam in het
ziekenhuis: dat ze geen kinderen meer kon krijgen en dat
de generaal naar het hoofdkwartier van het leger was gegaan en daar zichzelf door het hoofd had geschoten.

Domingo likte Tham Thanh Lan teder en duwde met
zijn tong wat plukjes haar opzij. 'Wat erg,' fluisterde hij. '*Toi
nghiep*,' herhaalde hij in het Vietnamees.

Hij dacht aan de dwergboa's die hij vaak zag bij de Río
Guaso. *Majacitos bobos*. De slangen rolden zich op tot ballen, gaven een smerige geur af en knepen bloed uit hun
ogen om roofdieren af te schrikken. Ze deden zogenaamd
niets maar de mensen konden je daar heel andere verhalen over vertellen: over een neef die in trance was geraakt
nadat hij was gebeten en alleen nog maar kon kwaken als
een kikker, over een tante die na een beet een zwarte duim
had gekregen. Haar hand was eraf gevallen en nu had ze

alleen nog maar een verkoold uitziend stompje.

Domingo was opgegroeid aan de Río Guaso, in het gras waar de slangen op de loer lagen, onder de palmbomen waar de luidruchtige parkieten huisden met hun vleugels met felrode plekken eronder. Hij had zijn hele jeugd aan die rivier doorgebracht, hij had gezwommen onder de afdakjes van fluisterende bomen en gedacht dat hij daar altijd zou blijven.

Domingo duwde zijn gezicht ver tussen de benen van Tham Thanh Lan, ademde haar zorgen in en verlangde zelf naar vergiffenis. Hij hoorde een hond janken op straat, daarna alleen maar Tham Thanh Lans kreunende genot. Ze kuste hem terug en beet van vurigheid zijn lip kapot, stal de adem uit zijn longen. Toen leidde ze hem haar rivier van honing in en vermengden ze hun zoete, verre wateren.

Een zware wolkenbank bleef boven Saigon hangen terwijl Tham Thanh Lan lag te slapen. De wind bracht een jankende, zompige muziek voort en speelde een Afrikaans *refrán* in Domingo's hoofd: *De bries is wind maar de orkaan is ook wind.*

Zo af en toe sliep hij, maar hij keek vooral naar Tham Thanh Lan. Hij werd getroost door haar regelmatige ademhaling, door haar vlekkerige, onbeweeglijke lippen. Hij streelde met een vinger over haar heupbeen, raakte de vaagblauwe ader op haar voorhoofd aan. Ze zag er sereen uit, een wolk afgevallen bloesems. Alleen haar voeten bewogen, alsof ze zich ergens naartoe haastten in haar droom. Voor het eerst sinds hij uit Cuba was vertrokken, wilde Domingo helemaal niets, behalve blijven waar hij was.

> *Dos gardenias para tí*
> *Con ellas quiero decir:*
> *Te quiero, te adoro, mi vida*
> *Ponle todo tu atención*
> *Porque son tu corazón y el mío...*

Domingo droomde over de blinde vissen in Cuba. Hij had ze weleens in de zinkputten ten zuiden van Alquízar gezien, waar hij met de wetenschapsclub van de middelbare school naartoe was gegaan. De ogen van de vissen waren gedegenereerd en hun huid was bijna transparant. Ze lagen bewegingloos in het water, dicht tegen de wanden en op de bodem van de putten. In zijn droom zwom hij met de vissen in hun kille zinkputten mee, steeds maar in het rond in die lichtloosheid tot hij vinnen op zijn buik en op zijn rug kreeg.

Tham Thanh Lan bewoog naast hem en fluisterde iets in het Vietnamees. Domingo keek naar haar gezicht en vroeg zich af wat liefde te maken had met herinnering. Kon de liefde het verleden doorwoelen zoals een liedje dat kon? Hij had het idee dat alles, het hele verleden, in het lichaam werd opgeslagen. De zonverwarmde stukjes van zijn kinderbed. De palmen op Parque Martí die de schemering vertraagden. Zijn Tío Eutemio had hem een keer verteld dat ieder mens de littekens van de jaren in zijn lichaam draagt, als de jaarringen van een boom.

Verscheidene mensen kwamen bij Tham Thanh Lan langs terwijl ze lag te slapen. Haar baas van The Bamboo Den rinkelde met een zilveren belletje en dreigde haar loon in te houden. Toen Domingo weigerde om de deur open te doen, drong haar baas toch naar binnen en schudde Tham Thanh Lan aan haar schouder, maar hij kon haar niet wakker krijgen. Hij hield zijn knobbelige oor voor haar mond, overtuigde zich ervan dat ze nog ademde en vertrok toen met een kanonnade van obsceniteiten.

Een ander barmeisje, een halfbloed en een vriendin van Tham Thanh Lan, kwam langs met wat gedroogde pruimen. Ze stond naast haar bed, stil en verward, alsof ze hierheen was gebracht om te worden verkocht.

'Ik dacht dat ze ziek was,' zei ze. Haar handen wapperden langs haar lichaam, alsof ze een dreigend gevaar wilde wegwuiven.

Domingo had de verhalen gehoord over de Franse gezinnen uit Bordeaux en Nantes die naar Guantánamo waren gekomen om fortuin te maken in de suiker. Welk fortuin, vroeg hij zich af, hadden de Fransen in Vietnam gezocht?

Domingo zei tegen haar dat Tham Thanh Lan niet meer op haar werk zou komen. 'Ik ga nu voor haar zorgen.' Hij verbaasde zich over de vastberadenheid in zijn stem.

Een uur later werd er door een paar Amerikaanse soldaten op de deur gebonsd. Ze vergeleken het huisnummer met een adres dat op een verkreukeld papiertje stond en keken teleurgesteld toen Domingo opendeed.

'Wanneer kunnen wij?' vroeg de grootste van de twee.

'Nooit! Donder op!' schreeuwde hij en smeet de deur dicht.

Na drie dagen werd Tham Thanh Lan wakker. Eerst bewoog ze niet maar lag ze alleen maar naar het plafond te staren. Haar handen voelden aan haar blote buik. Ze streelde zichzelf, streelde elk randje en litteken tussen haar benen. Na een tijd draaide ze zich om naar Domingo en glimlachte. 'Ik heb een baby in mijn buik. Ik heb een kleine wereld.'

Pioenrozen

HAVANA
(1899)

Het was een zondagochtend in april en te warm voor de tijd van het jaar. Chen Pan wilde niet naar het Chinese kerkhof, maar Lucrecia hield voet bij stuk. Het was een feestdag; vandaag zouden de mensen voedsel en bloemen brengen naar hun voorouders en de graven versieren met rode lantaarns en rood papier. Ze zouden de doden vertellen wat er dat jaar was gebeurd en overal zou het ruiken naar wierook.

Chen Pan trok zijn witte linnen pak aan, de kleur van de rouw in China. Hij was tweeënzestig jaar. Lucrecia was achtenveertig. Hoe kon ze nu al doodgaan? De beste artsen van Chinatown hadden het gezegd, dus moest het wel waar zijn. Lucrecia's vrouwelijke delen waren zwart geworden en haar baarmoeder was in elkaar gekrompen. Ze was in één nacht grijs geworden. Haar haar was nu zo dun en steil als maïszijde. Lucrecia had haar hoofd kaal willen scheren als een Chinese monnik, maar Chen Pan had haar dat uit het hoofd gepraat.

De artsen in Chinatown hadden elke remedie geprobeerd. Aloëwortel die in de winter was gestoken, suikerriet waar drie jaar lang de vorst overheen was gegaan, ardisia vermengd met de geneeskrachtige kruiden die werden geleverd door vertrouwde *santeros*. Niets hielp. De arme Lucrecia, zeiden ze, zou er in juli al niet meer zijn.

'Waar ben je nu zo lang mee bezig?' Lucrecia had haar paaskleren aan. De hoed was enorm, met veel blauwe linten en tule. Op de rand zat een kolibrie met echte veertjes. Ze zag er jonger uit vandaag, alsof ze had geput uit een levenskrachtige bron. Ze had een lakwerk mandje bij zich met kaarsen voor de doden. De dunne kaarsen had ze in heel dun, zonnebloemgroen vloeipapier gewikkeld.

Chen Pan vond dat Lucrecia altijd overdreven veel moeite had gedaan om het de buren naar de zin te maken. Nu leek ze ook een wit voetje te willen halen bij haar toekomstige buren. Hij trok zijn schoenen aan en strikte en herstrikte zijn veters tot ze symmetrisch zaten. Hij wilde Lucrecia deze laatste maanden niets ontzeggen, maar was dit bezoekje aan het kerkhof nu echt nodig?

Chen Pan was al sinds zonsopgang op. Hij had rode, dikke oogleden, alsof hij na middernacht nog wijn had gedronken. Leeftijd en wijsheid zouden meer rust moeten geven, maar daar merkte hij helemaal niets van. Vannacht had hij weer dezelfde droom gehad: een hongerige wolf volgde hem op een vaste afstand en wachtte af tot hij hem kon verslinden. Chen Pan was wakker geschrokken en had van angst niet meer kunnen slapen. Vandaag zou hij maar eens, had hij besloten, een rustig middagdutje gaan doen. Die droom deed hem denken aan de weduwe uit de bergen die naar zijn dorp was gekomen toen hij nog een jongen was. De mensen zeiden dat ze haar verstand had verloren toen een wolf haar babyjongetje uit de deuropening had geroofd.

Lucrecia stond beneden op Chen Pan te wachten en rookte een klein sigaartje. Dokter Yu, die net als de heilige Liu lang, golvend haar had, beweerde dat die sigaren Lucrecia's ziekte verergerden. Hij zei dat het lichaam van de vrouw niet was gemaakt om rook te absorberen: dat het langs de longen lekte en rechtstreeks naar de baarmoeder ging, die dan onherstelbaar werd beschadigd.

'Je weet toch wat de dokter heeft gezegd,' zei Chen Pan vermanend. 'Heb je zoveel haast om bij me weg te gaan?'

'*Por favor!* Als hij gelijk had, zou half Havana op sterven liggen!'

Het had geen zin om met Lucrecia te redetwisten. Ooit was ze een redelijke vrouw geweest. Tegenwoordig zat ze met iedereen te kibbelen, vooral met hun dochter. Caridad had gedreigd om weg te lopen als ze zich niet mocht aansluiten bij het reizende theatergezelschap uit Camagüey. Binnenkort, dacht Chen Pan somber, zouden ze haar moeten uithuwelijken.

Soms kon Lucrecia door de pijn in haar buik niet uit bed komen. Op andere dagen leek er niets met haar aan de hand en liepen zij en Chen Pan over het strand om te kijken naar de fregatvogels die in zee doken. Chen Pan voelde Lucrecia's naderende dood als een reis naar een vreemd land – China misschien, waar ze, beloofde hij steeds, nog eens samen naartoe zouden gaan voordat ze zou sterven.

'Kom nou, we hebben niet de hele dag de tijd,' zei Lucrecia. Ze nam zijn arm en samen liepen ze door de Calle Zanja. De winkels waren gesloten maar er liepen wel een paar venters over straat. Een verfomfaaide man verkocht *garapina* die hij in een enorme kan op zijn hoofd droeg. Chen Pan kocht twee bekers van het gegiste ananassap. Het was zo zoet dat zijn kiezen er pijn van deden. Na tweeënveertig jaar in Cuba was Chen Pan nog steeds niet gewend aan de hoeveelheid suiker die ze hier overal in deden. In China was witte suiker een luxe die alleen de zeer rijken zich konden veroorloven. Hier was het zó goedkoop dat de Cubanen er handenvol van in de soep en in het eten gooiden.

Lucrecia dronk haar *garapina* in één teug op. Hoe kon ze zo ziek zijn, dacht Chen Pan, en toch nog zo drinken?

Gisteren was ze bezweet wakker geworden; het zweet plakte als lijm aan zijn vingers. En de geur die ze verspreidde, kende hij niet van haar: het was een combinatie van terpentijn en oud stro. Lucrecia had het zelf kennelijk ook gemerkt, want ze had allerlei nieuwe zepen gekocht en ze zat dag en nacht borrelend en schuimend als een kuitschietende rivierkrab in bad.

'Esperanza Yu zei dat Peking de beste opera heeft. Ze zei dat ze daar een acrobaat hebben die zesennegentig salto's achter elkaar kan maken.'

'Als we nu gaan, zouden we over vijf maanden alweer terug kunnen zijn,' stelde Chen Pan voor.

'Als je me niet op het Chinese kerkhof wilt begraven, waarom begraaf je me dan niet in de tuin? Dan doe ik ook nog wat nuttigs. De groenten zullen er vast beter van groeien.'

Wat was Lucrecia toch dol op haar tuin! De vijgenboom met de hardnekkige wortels. De rijen kruiden die ze heel liefdevol had gerangschikt op de kleuren groen. De vlinders die in haar bougainville neusden zoals de klanten in De Geluksvondst. Wie moest daar allemaal voor zorgen als zij er niet meer was? Alleen zijn oudtante in China had nog meer van haar tuin gehouden. 's Nachts vermengden de geuren van haar bloemen zich met die van de tarwevelden en de rivierplanten.

'Voordat ik doodga, wil ik naar de bergen. Je hebt zelf gezegd dat dat de plek is waar de machten van hemel en aarde elkaar ontmoeten.'

'Dat geldt alleen voor China,' zei Chen Pan.

'Ik zie niet in waarom dat in Cuba anders zou zijn.'

Lucrecia's familie was afkomstig uit de Sierra Maestra, en daarvoor uit Congo. Haar grootouders waren weggelopen slaven, *cimarrones*, net als Chen Pan. Ze hadden jarenlang in een groepje *bohíos* in de bergen bij Guantánamo gewoond, waar ze okra, maïs, pompoenen en zoete aardappelen verbouwden. Lucrecia had hem verteld dat haar oom een keer zó'n honger had dat hij soep had gekookt van de kat van zijn moeder. Dat was dezelfde oom die later zijn eigen zus had verkocht aan die klootzak van een don Joaquín in Havana.

In de Calle San Nicolás liep een schoenmaker met zijn koopwaar aan een touw. '¡*Zapátos!* ¡*Zapatillas!*' Lucrecia bleef staan om de slippers te bekijken die de man verkocht. Ze wilde een paar mooie muiltjes voor op haar begrafenis.

Chen Pan zuchtte. Hoe kon ze zó macaber zijn? Trok ze zich dan helemaal niets van zijn gevoelens aan? Lucrecia koos een paar geborduurde schoenen met hoge hakken, maar die had de verkoper niet in haar maat. Het was inderdaad zo dat ze buitengewoon grote voeten had en dat ze vaak schoenen op maat liet maken. De kooplieden in Chinatown hadden daar veel kritiek op gehad. Beschimmelde mannen waren het, dacht Chen Pan, die niets van de liefde wisten. Voor hen was een man met een vrouw iets gewoons, een behoefte van het lichaam, meer niet. Ze bewaarden hun diepste affectie voor elkaar.

Toen ze hadden voorgesteld dat Chen Pan een bruid uit China zou halen, net zoals Ibrahim Wo had gedaan, had Chen Pan zich niets van dat advies aangetrokken. Iedereen vond Ibrahims vrouw, een vijftienjarig poppetje uit C., geweldig, totdat ze Ibrahim vermoordde door zijn thee te vergiftigen. Een ander kindbruidje had zelfmoord gepleegd na het zien van haar bejaarde bruidegom. Een onrijpe meloen, had Chen Pan de mannen in de herenkapperszaak gewaarschuwd, gaf niet zo gemakkelijk toe aan het mes.

Zijn vrienden geloofden dat de vrouw de grootste vijand was van de man. Hoeveel koningen en ministers, wijzen en heiligen waren niet geruïneerd door het zogenaamde zwakke geslacht? Onlangs hadden ze berichten gehoord uit China dat ontrouwe echtgenotes zich niet meer in putten verdronken en dat weduwen gewoon hertrouwden zonder zelfs maar te dreigen met zelfmoord. 'Zo respectloos!' beklaagden ze zich. Maar Chen Pan was het niet met hen eens.

Hij en Lucrecia waren nooit getrouwd, maar hadden ze daardoor geen kinderen gekregen? Chen Pan had Lucrecia's dikker wordende buik gestreeld en haar ermee geplaagd dat ze zijn concubine was. Hij had gezegd dat er niets fijners was dan kinderen verwekken op latere leeftijd. 'Het is veel te warm om te koken,' had hij vaak gezegd, zelfs 's winters, en dan trakteerde hij haar op noedels in de zaak van Oscar Shoy.

'*Mi amor*, ik vroeg je iets.' Lucrecia keek hem verbaasd aan.

'Wat dan?'

'Als ik dood ben, word ik dan ook een geest?' herhaalde Lucrecia.

Chen Pan wist niet wat hij moest antwoorden. Het was heel verleidelijk om in het Pure Land te geloven, maar het was even verleidelijk om rust te vinden in een lege en eindeloze eeuwigheid.

'Ik weet het niet,' zei Chen Pan en zijn humeur daalde nog verder.

In de Calle Cuchillo zat een *mulato* met ontbloot bovenlichaam op een afbrokkelend muurtje de luizen van zijn lijf te plukken en stopte ze in zijn mond. Twee mannen kwamen dronken uit een goktent. De kleinste was bekend om zijn mooie zangstem en de andere had een gezicht dat zo bruin en zo gerimpeld was als een walnoot. Chen Pan hield ook van gokken, maar hij liet zijn gezin daar niet voor verhongeren. Zijn vrienden zeiden dat hij gezegend was met een gelukkige hand. Dat was waar. Zijn munten werden peso's, zijn peso's werden zilver en zijn zilver werd goud.

Lucrecia keurde het af dat Chen Pan gokte maar ze hielp hem wel met de raadsels van de *charadas.* Heel Havana was daar gek op. Iedereen praatte over schapen en ratten en pauwen tot Chen Pan het idee kreeg dat de hele stad krankzinnig was geworden. Vorige maand had Lucrecia het antwoord gevonden op het volgende raadsel: *Ze is geen non maar blijft altijd in haar huis.* Dat was natuurlijk de slak.

Hun zoon, Desiderio, wilde een goktent beginnen, vier panden verder dan De Geluksvondst. Lucrecia beschuldigde Chen Pan ervan dat hij hun oudste had bedorven. Kwam dat soms doordat hij zo lang op een zoon had gewacht? Chen Pan was ervan overtuigd dat het eten van Desiderio te heet was: gebakken varkensvlees en reepjes rundvlees die hij wegspoelde met vele flessen geïmporteerde wijn. Koel voedsel zou hem kunnen helpen: fruit, groenten, alles uit zee, vooral krab. Of kruiden als witte pioenrozen.

Lorenzo was gelukkig redelijker. Hij was vriendelijk, bedachtzaam en aardig. Wat miste Chen Pan hem toch! Waarom was het zo moeilijk om een goede zoon bij zich te houden? Tien jaar geleden was Lorenzo naar China gegaan. Hij schreef om de paar maanden over zijn harde werk daar. Lucrecia geloofde dat hun zoon thuis zou komen voordat ze zou sterven. Chen Pan zei niets om haar niet te ontmoedigen.

Een eindje verderop in de straat bleef Lucrecia staan voor een etalage die vol hing met Spaanse waaiers. De

meeste dames in Havana gingen de deur niet uit zonder
zo'n ding. Hoe konden ze anders zeggen wat ze geleerd
hadden nooit in het openbaar te zeggen? Lucrecia was veel
te nuchter voor zulke onzin. In het midden van de etalage
lag een handbeschilderde waaier op een kleine piëdestal.
De stokjes waren gemaakt van ivoor dat was ingelegd met
goud en aan de buitenkanten waren kleine, ovale spiegel-
tjes gemaakt. Minstens driehonderd peso, schatte Chen
Pan. Hij hoopte dat Lucrecia niet van plan was om nou net
dat ding mee te nemen in haar graf.

Een onverstoorbare matrone in een geplooide satijnen
jurk reed voorbij in haar rijtuig. Een bedelaar die zichzelf
koelte toewuifde met een bananenblad schrok ervan op.
Chen Pan had die vrouw eerder gezien – dat rode, ronde
gezicht was heel herkenbaar – maar hij wist niet meer
precies waar. Misschien was ze weleens in zijn zaak geweest?

'Is dat geen leuke voor jou?' zei Lucrecia voor de grap
terwijl ze naar de rug van de voorbijrijdende vrouw knikte.
De laatste tijd begon ze hem aan te moedigen om alvast uit
te kijken naar een andere vrouw. Dat was meer dan Chen
Pan kon verdragen. Hij zou nooit meer van iemand kunnen houden en dat wist Lucrecia best.

'Bah!' snoof Chen Pan. Hij keek naar een rij palmbomen
die zich aftekende tegen de vlakke, kleurloze lucht. Alles
was zo doelloos, dacht hij. Je kon net zo goed helemaal
niets doen. Wat had het voor zin om te werken of te praten,
een bad te nemen of een koop te sluiten, als Lucrecia ging
sterven?

De suikeroogst van La Amada

Als de cafés nu maar vroeg opengingen, dan zou hij een of twee glazen wijn nemen. Misschien een schaaltje gezouten bamboescheuten erbij. Hoe moest hij deze kwelling anders doorstaan? Als hij zich heel triest voelde, dronk Chen Pan rode wijn en droeg hij een paar gedichten voor.

Gebaad in geuren,
borstel niet je hoed;
Gewassen met parfum,
schud je jas niet op:

Als je de wereld kent
vrees je wat te puur is,
De wijze man
prijst en bewaart het licht!

Meestal voelde Chen Pan zich door de gedichten verschrikkelijk eenzaam. Zijn eenzaamheid nam met de dag toe en kronkelde zich als een slang om hem heen. Lang geleden droomde hij ervan om terug te keren naar zijn dorp, hoog gezeten in zijn draagstoel, in het voorjaar, als de kassiebomen bloeiden. Die droom was, net als de andere, vergeten geraakt en daar had Chen Pan nooit iets spijtigs aan gevonden. Waarom voelde hij dan nu ineens die oude treurigheid opwellen en rotten in zijn borst? Hij dacht aan zijn vader, die een paar korte weken na zijn dood een held was geweest. Wie anders zou zich dat nog herinneren behalve Chen Pan?

Maar de werkelijke tragedie van het leven was dat je je

stem verhief onder de levenden en dan alleen op onver-
schilligheid stuitte. Bij de herenkapper spraken de mannen
over vroeger, waar ze een overdreven waardering voor
hadden. Ze brachten nostalgisch in herinnering dat crimi-
nelen vroeger een paar regels uit een opera moesten zingen
om het publiek te amuseren voordat ze werden onthoofd.
En soldaten sneden regelmatig het hart van hun vijanden
uit hun lijf, bakten het in olie en aten het op om hun moed
te vergroten.

Maar wie, vroeg Chen Pan zich af, was zijn vijand eigenlijk? Wiens hoofd kon hij tegen een muur slaan? Hij wist
alleen dat hij graag zijn portie harten zou opeten als hij
daarmee zijn vrouw kon redden.

Vier jaar geleden had Chen Pan een paard willen zadelen
om achter José Martí aan ten strijde te trekken. Hij had deze keer echt willen vechten, niet alleen maar wat wapens
willen afleveren zoals hij in de Tienjarige Oorlog had gedaan. Dertig jaren waren voorbijgegaan, maar wat kon het
hem schelen dat zijn haar en zijn wenkbrauwen wit waren
geworden en zijn benen waren verslapt door het leven in de
stad? Maar Lucrecia had hem op de een of andere manier
weten over te halen om thuis te blijven.

In plaats daarvan had Chen Pan de rebellen al het geld
gestuurd dat hij had verdiend aan de Spanjaarden, die het
eiland massaal hadden verlaten. Veel van hen waren in de
oorlog een fortuin kwijtgeraakt en hadden hun schatten
naar zijn winkel gebracht. Chen Pan had hun spullen snel
en met veel winst aan zijn buitenlandse klanten verkocht.
Hij had maar één voorwerp zelf gehouden: een zeldzame

hardhouten stok die uitgesneden was in de vorm van een slang. Hij had hem gekocht van een oude *gallego*.

Het was niet gemakkelijk geweest om aan eten te komen in de oorlog, hoeveel geld hij ook verdiende. Lucrecia's tuin was geplunderd door wanhopige mensen uit de buurt die niets anders hadden overgelaten dan taro-onkruid en zoeteaardappelscheuten. Die moeilijke tijden deden Chen Pan denken aan zijn jeugd: de belastingen, de hongersnood, de soldaten en de bandieten die zijn familie tot de laatste druppel hadden uitgeknepen.

Hij was met Lucrecia bij El Moro toen de soldaten de Cubaanse vlag hadden gehesen. Duizenden mensen dansten door de straten. Maar Chen Pan was niet in een feeststemming. Hij wist nog dat er na de Amerikaanse Burgeroorlog vluchtelingen van de Geconfedereerde Staten naar Cuba waren gekomen en hun wapens en dasspelden hadden beleend in zijn winkel. De Cubanen waren als piepende pups bij die Amerikanen op schoot gekropen, bedelend om wat restjes eten. En nu maakten ze zichzelf op een vergelijkbare manier te schande.

Er waren al enkele Chinese families op het kerkhof om de doden te komen eren. Toen Chen Pan een week eerder met Lucrecia naar het Colón-kerkhof was geweest, had ze het er niet zo prettig gevonden. De meeste Cubaanse graven waren niet onderhouden. Overal zaten spinnenwebben en er was lang niet genoeg schaduw. Gestreepte muskieten zwermden en zoemden boven de plassen water en in de vochtige kuilen in het zand.

Het Chinese kerkhof lag er daarentegen net zo keurig bij als Lucrecia's eigen tuin. Hier stonden wilgenboompjes met nieuwe loten eraan. Het gras was mooi groen en mals. Niemand, zo leek het, werd hier vergeten. Zelfs de graven van gokkers en bedelaars werden net als die van mensen zonder familie (onder wie de gebochelde die fournituren-venter was geweest en al zijn vrije tijd had doorgebracht in het theehuis) respectvol besprenkeld met water. Hier leden de geesten geen gebrek.

Chen Pan en Lucrecia wandelden over de aangeveegde paadjes van het kerkhof en groetten de families die hier naast de graven zaten te picknicken. Hilario Eng en zijn broers, allemaal tofuhandelaren, stonden plechtig bij het graf van hun vader en zetten schaaltjes en een kom warme rijst op de grond. Anderen verbrandden papiergeld, legden kransen neer en beweenden de doden.

Vroeger, thuis, doodden de vrouwen kippen en ganzen voor het nieuwjaarsoffer en kochten daar veel varkensvlees voor. Ze zaten in rijen langs de rivier om rijst te wassen voor de festiviteiten. Zelfs de moeder van Chen Pan, die bekendstond als lui, deed mee aan het wassen en boenen tot haar armen er rood van waren. Dagenlang zong het geluid van knallende zevenklappers in zijn hoofd.

'Daar is het,' zei Lucrecia glimlachend terwijl ze naar een beschaduwd plekje onder een granaatappelboom wees. 'Daar wil ik begraven worden.'

Chen Pan probeerde zich voor te stellen dat zijn vrouw vredig in een kist lag, met haar handen over elkaar gevouwen op haar buik. Hoe zou hij ooit het deksel kunnen sluiten?

De suikeroogst van La Amada

Op een tak, hoog in de granaatappelboom, zat een kraai. *Geef me een teken*, bad Chen Pan, terwijl hij wreef over het medaillon dat hij als talisman in zijn zak had. *Geef me een teken dat Lucrecia niet zal sterven.* Maar de kraai bleef stokstijf zitten, net zo onbeweeglijk als de beeldjes in De Geluksvondst. Chen Pan had al wanhopige smeekbeden gericht tot zijn voorouders, tot Boeddha en tot de hele verzameling heiligen van Lucrecia. Maar had het iets uitgemaakt?

Toen hij was thuisgekomen na het afleveren van die kapmessen bij commandant Sian, in 1869, was Chen Pan klaar geweest om te sterven. Lucrecia had hem toen gered. Ze had hem gewassen en ze had de zwerende wond verzorgd die hem tot op de dag van vandaag deed strompelen. 'Je hebt geluk dat je je been niet hoeft te laten amputeren,' had ze boos gezegd.

In de loop der jaren had Chen Pan haar bij stukjes en beetjes over die reis verteld – over de kampen vol stervende mannen, over de laffe Spanjaarden die hun gewonden lieten wegkwijnen op het slagveld. In de woeste berggebieden hadden de rebellen geleefd op zure sinaasappels en zachte palmbladeren. Soms vingen ze vette *jutías* die ze op een vuurtje roosterden. (In die tijd waren de bossen zó dicht dat de knaagdieren wekenlang in de boomtoppen konden rondlopen.)

Lucrecia had Chen Pan gevraagd of hij had meegemaakt dat er iemand werd vermoord. Hij had haar toen verteld over die Spaanse soldaat, een jongen nog maar, die in vloeiend Kantonees om zijn leven had gesmeekt. Commandant

Sian was daar ontdaan van geweest, maar toch had hij de Spanjaard de keel doorgesneden. Lucrecia had de ongelukkige Chen Pan geholpen om zich weer thuis te gaan voelen aan de Calle Zanja. Ze had hun appartement in een troostrijke kleur blauw geschilderd en ze brandde de hele dag wierook bij het boeddhabeeld. Daarnaast had ze een beeld van Yemayá gezet, ter ere van haar moeder. Ze legde vaak stukken watermeloen of wat rietsuikerstroop voor het beeld neer, en af en toe een verse kip. Chen Pan was weer traditionele Chinese kleding gaan dragen: wijde katoenen broeken en hemden met wijde mouwen. Nooit meer die oude dandykleren. Hij had besloten dat hij niets meer te maken wilde hebben met alles wat modern was.

Als Lucrecia onder de granaatappelboom begraven wilde worden, zei Chen Pan zuchtend, dan zou hij dat regelen. Zijn beste vriend, Arturo Fu Fon, had dit tegen Chen Pan gezegd: *Hoop bestaat niet, maar bestaat ook niet niet. Het is net als de wegen die over de aarde lopen. Want eerst had de aarde geen wegen, maar als er veel mensen een bepaalde kant op gaan, wordt er een weg gemaakt.* Niemand wist ooit wie Arturo Fu Fon eigenlijk citeerde, maar vaak waren zijn uitspraken het waard om op bamboe en zijde te worden vereeuwigd. De mannen van Chinatown gingen naar zijn kapperszaak om te horen wat hij te zeggen had – niet om zijn matige vaardigheden als kapper.

In de uiterste hoek van het kerkhof zat een dikke *chino* die Chen Pan niet kende een waterpijp te roken van een meter lang met een tinnen kom. Chen Pan wilde die pijp wel kopen voor zijn winkel. Zou vijftig peso voldoende zijn? Chinese spullen werden de laatste tijd steeds populairder onder de Europese toeristen. Als zijn vrienden naar China reisden, gaf hij hun vaak geld mee om curiosa te kopen voor De Geluksvondst. Hij kreeg daar gemakkelijk het tienvoudige voor terug, soms nog meer.

Chen Pan boog even en deinsde toen terug terwijl hij een verontrustend gezoem hoorde in zijn hoofd. Hij voelde een kille wind waaien, maar het was een warme, vochtige dag en het was bladstil. Een vage stoom rees omhoog van de besprenkelde graven. Hij had ineens trek in watermeloen, zo'n groene watermeloen die in China aan de kust werden gekweekt.

Hij liep terug naar Lucrecia, die onder de granaatappelboom stond. Ze stond na te denken over de bloemen die ze rond haar graf wilde hebben. Lucrecia had in haar tuin een bedje pioenrozen voor hem geplant. Dat waren zijn lievelingsbloemen. In de buurt van zijn dorp groeiden ze in het wild. Als Lucrecia er niet meer was, zou hij naar de pioenrozen staren en haar naam noemen in de wind. Dan zou hij een kaars branden voor haar en naar de rook kijken die omhoog kringelde.

'Kijk me aan.' Lucrecia pakte hem bij zijn mouw.

Chen Pan zweeg. Het leek alsof zijn hele lichaam uit elkaar geblazen werd, als miljoenen stofdeeltjes. Hij stelde zich voor dat hij hoger en hoger wervelde, opging in de wolken en daar een onweersbui in gang zette.

Lucrecia keek hem lange tijd aan. 'Meer dan de helft van

mijn leven ben ik heel gelukkig geweest,' zei ze zacht. 'Hoeveel mensen kunnen dat zeggen?'

Op weg naar huis kreeg Lucrecia plotseling een enorme trek in garnalen met knoflooksaus. Chen Pan nam haar mee naar het restaurant van Alejandro Poey aan de Calle Salud. Ze bestelde het ene gerecht na het andere en zat smakelijk te eten terwijl Chen Pan toekeek, te mistroostig om zelf iets te nemen.

Toen hij nog een jongen was, zat hij vaak dagenlang bij de rivier om wormen op te graven die hij dan aan zijn zelfgemaakte koperen haakjes prikte. Hij en zijn vriendjes vonden garnalen de allerstomste dieren die er waren omdat ze met hun eigen scharen de punt van de haak in hun bek drukten. Zelfs de achterlijkste vissen zouden daar nog niet dom genoeg voor zijn!

Na de lunch werden Lucrecia's bewegingen langzamer en moeilijker, alsof ze onder water liep. Ze kon nauwelijks de trap op komen naar hun appartement boven De Geluksvondst. Tegen de tijd dat Chen Pan haar naar boven had geholpen, was ze buiten adem, wat ze aan de knoflooksaus weet.

Met veel zorg zette Lucrecia haar paashoedje af, deed haar korte jasje uit en trok haar lavendelkleurige lijfje en de wijde rok uit. Toen ging ze in haar onderrok op de rand van het bed zitten en maakte haar haar los. Chen Pan trok haar schoenen en haar kousen uit. Haar voeten waren opgezet en ze had een paar blaren.

Hij bracht haar een zakdoek die hij nat had gemaakt

met koud water en drukte die tegen haar slapen. Lucrecia's ogen leken onnatuurlijk groot; het oogwit was zo helder als gesteven katoen. Ze zag er zo blozend en mooi uit dat Chen Pan haar op de mond wilde kussen. Maar in plaats daarvan hielp hij haar in bed en hield haar hand vast. Lucrecia's polsslag was snel, alsof die niet bij haar hoorde, alsof het een gevangen vogeltje was, met gladde, droge veertjes. Plotseling voelde hij niets meer.

Buiten flitste de bliksem door de laaghangende wolken en de temperatuur daalde sterk. Als dit niet Cuba was, zou Chen Pan hebben gedacht dat het ging sneeuwen; grote bloesemblaadjes van sneeuw die naar de aarde zouden dwarrelen en daar die middag elk teken van leven zouden doen verstommen.

De kleine oorlog

VAN SANTIAGO NAAR HAVANA
(1912)

Chen Pan zat in een kappersstoel in Santiago de Cuba toen Lorenzo, zijn zoon die in de kappersstoel naast hem zat, het bericht kreeg dat zijn vrouw te vroeg aan het bevallen was van hun derde kind. Lorenzo's haar was nog maar half geknipt maar hij stormde onder de schaar van Francisco Ting vandaan. Als de omstandigheden goed waren, duurde de treinreis terug naar Havana zeventien uur, maar de omstandigheden waren niet goed. Gisteren was bekend geworden dat *los negros* in opstand kwamen, dat ze zich aan het bewapenen waren met musketten en kapmessen, en een bloedige rassenstrijd zouden gaan voeren waarbij elke *criollo* zou worden gedood.

Chen Pan geloofde niet dat dit waar was. Maar wat deed het ertoe wat hij dacht? Hij zag hoe de *chinos* werden behandeld, zelfs respectabele *chinos* als Lorenzo. Als de *criollos* medische verzorging nodig hadden, wilden ze maar al te graag gebruikmaken van zijn kennis. Dan was het dokter Chen voor en dokter Chen na. De burgemeester van Santiago, Perequito Pérez, had zelfs eens een banket gegeven ter ere van Lorenzo toen die hem had genezen van zijn pijnlijke beenkrampen. Maar Chen Pan was immuun voor hun vleiende woorden. Hij wist maar al te goed dat als de tijden verslechterden, of er niet genoeg werk meer zou zijn, zij weer de *chinos de porquería* zouden zijn.

Het treinstation was stampvol mensen die een plaatsje op de middagtrein naar Havana probeerden te veroveren. Chen Pan leunde tegen het lokethokje terwijl hij naar zijn zoon keek die het station door probeerde te komen. Met zijn ene hand hield Lorenzo zijn zoon Meng vast en met de andere zijn tas met kruiden en geneeskrachtige drankjes. Hun koffers stonden nog in hotel Fong, de rekening was nog niet eens betaald. Dat zouden ze allemaal nog wel regelen als ze weer thuis waren.

Lorenzo kwam terug met drie eersteklaskaartjes. Chen Pan was niet verbaasd. Zijn zoon had het meer dan tien jaar in China uitgehouden zonder dat hij de taal sprak. Chen Pan moest lachen toen Lorenzo hem vertelde dat hij de kaartjes had gekregen in ruil voor een portie potentieverhogende kruiden voor een half jaar. Het bleek dat de stationschef vaste klant was in de danszalen van Santiago en dat Lorenzo vorige week op zijn doktersvisite toevallig over diens ongemak had gehoord. Chen Pan, Lorenzo en Meng baanden zich een weg naar hun coupé en gingen zitten op de lege plaatsen bij het raam.

Naast hen nam een stijf uitziend echtpaar plaats. De vrouw droeg een grote hoed met een brede rand en een gouden lorgnet. Het waren Belgen, zeiden ze, en ze kwamen zojuist terug van een bezoek aan hun dochter en Cubaanse schoonzoon in San Luís. Ze hadden het enorm naar hun zin gehad. De andere passagier, een bijna vrouwelijk elegante man met een dichtgeknoopt vest en gepoetste schoenen, zat het grootste deel van de tijd in de spiegel aan de wand tegenover zijn zitplaats te kijken. Steeds als hij zijn voeten bewoog, piepten zijn schoenen.

De stoommachine werd opgestookt. De venters op het perron verkochten nog snel wat koopwaar. Lorenzo kocht zes broodjes ham en een grote fles mandarijnensap. Meng at gulzig. Hij was nog maar zeven maar hij was al zo groot en stevig als een jongen van tien. Zijn oudere broer, Shoy, was magerder en leek veel jonger dan Meng. Chen Pan vroeg zich af hoe zijn derde kleinzoon – hij twijfelde er niet aan dat het een jongen was – eruit zou zien. Hij had voorgesteld om hem Pipo te noemen, omdat dat klonk als vrolijk vogelgezang.

Had Lucrecia maar lang genoeg geleefd om hun klein-kinderen te kunnen zien! Het was haast niet te geloven dat ze al dertien jaar dood was. Chen Pan wist nog goed dat ze hun eigen kinderen had gebaard. Ze had ze zonder veel moeite als vochtige rode bloemen uitgedreven. Lucrecia was begraven op het Chinese kerkhof in de schaduw van de granaatappelboom, precies zoals ze had gewild. Chen Pans graf lag naast het hare te wachten. Vaak zette hij in zijn hoofd de tijd terug zodat Lucrecia nog bij hem was, in le-venden lijve, met haar springerige zwarte haar. Hij ont-vouwde heel voorzichtig zijn herinneringen aan haar, dacht nu eens hieraan, dan weer daaraan. Wat had hij ver-der nog te doen?

Chen Pan was nog niet zo oud toen Lucrecia stierf. Zijn

vrienden hadden tegen hem gezegd dat hij een andere vrouw moest nemen, nog meer kinderen moest verwekken. Ze hadden toen tegen hem op gekeken. 'Dat is Chen Pan,' hadden ze gezegd. 'Hij heeft een jaar in het oerwoud gewoond en heeft toen de grootste winkel van Chinatown geopend.' De oudere *criollas* flirtten nog steeds met hem in zijn winkel. '*Ay*, Señor Chen, u bent zelf *De Geluksvondst*,' fleemden ze en dan waggelden ze weer terug naar hun rijtuigjes.

Nu wachtte Lorenzo op de geboorte van nog een zoon. Lorenzo had zijn tweede vrouw ontmoet bij een noedelkraampje in Kanton. Chen Pan begreep wel waarom zijn zoon verliefd was geworden op Jinying. Het was duidelijk dat haar *ch'i* uitstekend was. Haar bloed zong van de energie en haar ogen waren helder en levendig. Alles was bij haar in balans. En haar kookkunst was een perfecte mix van uitersten.

Lorenzo had ook nog drie kinderen in China, bij zijn eerste vrouw: twee meisjes en een jongen. Als Lucrecia nog leefde, zou ze op reis zijn gegaan om hen te bezoeken. Volgens Lorenzo was zijn eerste vrouw mooi, maar net zo kil als de sterren, en onvriendelijk. Hij stuurde haar geld zodat het de kinderen aan niets zou ontbreken: royale bruidsschatten voor de meisjes, de studie van de jongen. Misschien zou die jongen op een dag naar Cuba komen en hun allemaal Chinees leren.

De schemering aarzelde aan de horizon, waardoor de bergen een bovennatuurlijke gloed kregen, alsof iemand daar heel ver in de diepte een vuur had aangestoken. Er was commotie in het gangpad. Chen Pan zag twee mannen die ruzieden over de tegenstrijdige berichten in de kranten. De dikste schreeuwde dat een stelletje *negros* in Ramón de las Yaguas een onderwijzeres hadden verkracht en haar daarna gedeeltelijk hadden opgegeten. Stond hij nu zo onvast op zijn benen door het schudden van de trein of had hij te veel gedronken? Zijn magere tegenstander nam aanstoot aan wat hij zei en gaf hem een klap in het gezicht.

Chen Pan voelde zich alsof er aan weerskanten van zijn hoofd een steen tegen zijn slapen werd gedrukt. Hoe kwam het toch dat je, als je bang was, niet goed meer kon nadenken? Hij was veertig jaar ouder dan die gekken, maar hij kon veel beter zijn verstand gebruiken. Chen Pan gebaarde naar de twee mannen en keek met een veelbetekenende blik naar zijn zoon. Lorenzo haalde zijn schouders op. Wat konden ze doen? Meng lag al te snurken, met zijn wang tegen de ruit. De Belgen zaten onverstoorbaar te lezen in hun in leer gebonden boeken.

Chen Pan zag een vlucht ganzen die resoluut naar het zuiden trokken. Aan de rand van een veld suikerriet stond een vervallen schuurtje. Als de twee ruziënde mannen niet goed keken, zouden ze zijn zoon voor een lichtgekleurde *mulato* aan kunnen zien. Pas als ze goed keken, konden ze zien dat zijn ogen honderd procent Chinees waren. Zouden ze hem lynchen, voor hun eigen veiligheid? Chen Pan wist dat ieder mens, op zijn eigen manier, geteisterd werd door allerlei dingen – bestookt door de noordenwind, rottend door vocht in de winter, kokend door de zomerse hitte. Wat had dat nu te maken met ras?

De suikeroogst van La Amada

Het zicht op het noorden werd belemmerd door een brand. Zouden ze de suikerrietvelden dit jaar al zo vroeg omploegen? De trein stopte op het station van Jiguaní, waar een smerige, zwarte rookwolk hing. Jongens met zakdoeken over hun mond liepen met kranten langs de trein. Chen Pan zag een kop: NEGERS OP STROOPTOCHT IN ORIENTE! Op dat moment ging de deur van hun coupé open. De steward kwam binnen in zijn witte gesteven uniform en begon thee en koekjes te serveren vanaf een wagentje. De Belgen legden hun boek weg en namen de thee aan. 'Baba!' Meng werd wakker en begon te huilen. Hij wees uit het raam. Naast de rails van een ander spoor lagen twee lijken, met schotwonden in het hoofd. De hersens lagen in de modder.

Aan hun kleren te zien waren het landarbeiders, dacht Chen Pan, boerenknechten of arbeiders van een suikerrietplantage. Andere mensen in de trein hadden de lijken ook gezien, want terwijl de trein wegreed uit het station, ging er een geweldig kabaal op, dat harder was dan het gebrul van de stoommachine. Een vrouw met dikke benen en een gestippelde jurk aan rende door het gangpad en gilde dat *los negros* de trein overmeesterd hadden. Haar handen trilden en het leek alsof ze elk ogenblik flauw kon vallen.

Lorenzo nam Meng op schoot. De jongen zoog op zijn middelvinger. Lorenzo gaf hem een snufje kaolien voor in zijn sap. Chen Pan wilde zijn kleinzoon troosten, zijn haar gladstrijken en de dode mannen wegtoveren. Maar tegelijk wilde hij Meng ook dwingen om nog eens naar hen te kij-

191

ken, omdat hij hem wilde leren dat het kwaad op elk moment kan opdoemen. Lorenzo wiegde zijn zoon terwijl de trein vaart begon te maken. In de verte hingen drie mannen aan de takken van een koraalboom. Het hoge gekwetter van de zangvogels sneed de lucht in duizend stukken. Chen Pan ging wat gemakkelijker zitten en pakte een broodje ham uit. Het Belgische echtpaar en de Cubaanse dandy waren in slaap gevallen. Lorenzo haalde een boek uit zijn tas, het *Klassiek handboek over de interne geneeskunde van de Gele Keizer,* dat hij vanuit het Chinees in het Spaans aan het vertalen was. Het verveelde hem, want hij concentreerde zich liever op zijn eigen ervaringen met Chinese geneeskrachtige kruiden.

'Je wordt oud van al dat werken,' zei Chen Pan vermanend.

'En jij bent nog steeds een jonge bok. Zonder een spoortje jicht.'

'Dat klopt.' Chen Pan grinnikte. 'En die tanden zijn ook allemaal echt. Originele uitvoering.'

'Echt antiek, bedoel je. Misschien kun je ze verkopen in je winkel.' Lorenzo lachte.

'Ik kan alleen met mijn linkeroor niet meer zo goed horen.'

'Dan draai je je hoofd naar rechts.'

'*Sí*, dokter.'

Chen Pan keek uit het raam naar de onafzienbare suikerrietvelden. Wat zag dat golvende groen er van een afstand uitnodigend uit. Maar wie besefte nog hoeveel doden de aanleg van die velden had gekost? Als hij nog één droom had, dan was het deze: de plantage La Amada kopen en zijn naam onder de koopakte zetten. Hij was rijk en hij had genoeg krediet. Met de hulp van enkele collega-winkeliers zou dat kunnen lukken. Maar zijn aversie tegen het suikerriet was groter dan zijn wraakgevoelens.

'Soms word ik wel moe van mezelf,' zuchtte Chen Pan. 'Misschien wordt het tijd dat ik doodga.'

'Onzin, Papá.'

'Hoorde je dat?' vroeg Chen Pan ineens. Hij hield zijn hoofd een beetje schuin. Het was een onaangenaam geluid, een gedempt gekras, alsof er een uil gevangenzat in het bagagerek. Maar Lorenzo was verdiept in zijn boek. Chen Pan zou graag nog wat willen praten. Dat was goed voor zijn humeur, maar hij wist dat zijn zoon niet zo'n prater was.

Wat was er veel gebeurd in de twaalf jaar dat Lorenzo door China had gereisd. Lucrecia was gestorven. Cuba had de vrijheidsoorlog gewonnen van Spanje. Desiderio had een goktent geopend en was vader geworden van een tweeling. Zelfs Caridad was na een donquichotachtige zangcarrière tot rust gekomen en getrouwd met een bedaarde winkelier uit Viñales.

Lorenzo was per boot en draagstoel naar het dorp van Chen Pan gereisd. De kinderen daar waren blootsvoets, hun hoofd zat vol luizen en hun buik was opgezwollen door de honger en de wormen. Chen Pans jongere broer was erg verzwakt. Hij probeerde zo goed en zo kwaad als het ging de tarwevelden van de familie te bebouwen, althans wat daar nog van over was. Lorenzo had zijn oom geprobeerd te genezen met allerlei nierbehandelingen, maar dat had geen resultaat gehad. (Hoe meer remedies er waren voor een ziekte, hoe kleiner de kans op genezing, daar was Lorenzo van overtuigd.) Chen Pan vroeg zich af wanneer het zijn beurt zou zijn om te sterven.

Zijn zoon was als vreemdeling teruggekeerd naar Havana nadat hij ook in het buitenland een vreemde was geweest. Wat was nu zijn thuis? Lorenzo's huid, gevormd door drie continenten, was zijn thuis, dacht Chen Pan. Of misschien was zijn thuis te vinden in het bloed van zijn kleinzoons dat door hun lichamen stroomde.

De laatste tijd had Chen Pan De Geluksvondst zo nu en dan een paar weken gesloten en ging hij met Lorenzo mee op zijn doktersvisites door heel Cuba. Na al die jaren zonder zijn zoon kon hij het niet verdragen om zo lang bij hem vandaan te zijn. Vorige herfst waren ze naar Remedios gegaan, waar ze Chinese poppenspelers op straat hadden gezien. De spelers hadden met veel bombarie een paar stroken papier verbrand en pookten daarna met een paar stokken in de as en haalden er gekleurde linten uit. Zo was Lucrecia's leven ook geweest, dacht Chen Pan: gered uit de as en opgebloeid in de mooiste kleuren.

Het was na middernacht. Door het raam leken de bergen met de onbeweeglijke palmbomen net een decor. De lichtjes van de volgende stad kwamen in zicht, flikkerend alsof er duizenden kaarsjes stonden te branden. De trein naderde Victoria de Las Tunas en zou over een tijdje aankomen in Camagüey. Lorenzo en Meng sliepen; ze ademden synchroon.

Kon de locomotief maar vliegen, dan zouden ze zo terug zijn in Havana. Chen Pan had weleens tekeningen gezien van die nieuwe Amerikaanse en Franse vliegtuigen. Het waren kwetsbaar uitziende gevallen met libelachtige vleugels. Hij werd slaperig toen hij zich voorstelde dat de trein langzaam opsteeg, de wolken passeerde, de donder uit het oosten voor bleef. Toen droomde hij dat elke wagon de doodskist van een kind was, versierd met takken jasmijn, het ene kistje na het andere met elkaar verbonden als de staart van een vlieger die heel hoog in de lucht is; een optocht van glimmende kisten die naar de zon vliegen.

Chen Pan werd midden in de nacht met een schok wakker. Slaap was toch zoiets vervelends. Hij zou veel liever helemaal niet meer slapen dan dat hij steeds last had van die akelige onderbrekingen. Chen Pan sliep heel weinig, hooguit drie of vier onrustige uren. Gisteren was dat wel handig geweest. Om vijf uur 's ochtends was hij wakker geworden in zijn hotelkamer in Santiago, nog net op tijd om te zien dat er een grote vogelspin op zijn borst zat.

Voor zonsopgang werd Meng wakker en riep om zijn moeder. Chen Pan boog zich naar zijn kleinzoon toe en klopte op zijn plakkerige handjes. '*Aquí estoy, gordito.*' De lichten van een passerend station flitsten over het gezicht van de jongen. Chen Pan hield hem de fles mandarijnensap voor en Meng dronk, waarbij hij een beetje op zijn hemd knoeide.

'Ik wil je iets belangrijks vertellen,' fluisterde Chen Pan. 'In het leven zijn er twee wegen, een gemakkelijke en een moeilijke. Luister goed: kies altijd de moeilijke.'

Chen Pan wilde Meng uitleggen dat *los negros* protesteerden omdat ze het recht wilden hebben een politieke partij op te richten, dat ze voor dat protest zouden moeten betalen met hun eigen leven en met dat van vele andere onschuldige mensen. Wat hadden zij voor keus? Revoluties vonden niet plaats als iedereen rustig onder een mangoboom bleef zitten. De mensen kregen genoeg van de ellende, van het afwachten tot er betere tijden zouden aanbreken.

'Wie zorgt er nu voor Jade Peach?' wilde Meng weten.

'Ik weet het niet,' zei Chen Pan.

Lorenzo gaapte. 'Ga maar weer slapen, *hijo*.'

Maar Meng was klaarwakker. Thuis moest hij altijd de papegaai van de familie eten geven, een heel bijzondere vogel. Jade Peach at van een lepeltje, begroette bezoek in het Spaans en het Chinees en imiteerde de presentatoren van de radio. Zo af en toe gaf ze zelfs diagnoses van de patiënten van Lorenzo: *Een moeilijk geval, Señora*. Of: *Neem driemaal daags dit limoenpoeder, dan zult u zich beter voelen.*

'Je broer zorgt voor haar,' mompelde Lorenzo.

'Maar dan gaat ze dood!' jammerde Meng.

Chen Pan wist dat Meng gelijk had. Zijn oudere broer zou waarschijnlijk vergeten om de vogel voer en water te geven. Meng trok aan een draadje dat aan zijn mouw hing, waardoor de manchet een stukje werd losgerafeld. Toen gaapte hij zo wijd dat zijn roze huig te zien was.

'Wanneer zijn we er?'

'Aan het eind van de ochtend,' zei Lorenzo. 'Ga nu maar weer slapen.'

De suikeroogst van La Amada

Achter de wolken aarzelde de ochtendzon. De Cubaanse dandy mompelde iets in zijn slaap. Chen Pan kon het niet verstaan, behalve de woorden: 'die verdomde duizendpoten', die hij een paar keer boos herhaalde. De Belgen sliepen ook. Chen Pan bekeek hun gezichten en vroeg zich af of ze ooit verliefd waren geweest, doorwaakte nachten van rusteloze hartstocht hadden meegemaakt.

Voordat Lucrecia ziek was geworden, vrijden ze vaak twee keer per dag met elkaar – vroeg in de ochtend voordat de kinderen wakker werden en dan weer 's avonds laat, als ze naar bed waren. Chen Pan zou het fijn gevonden hebben als hij meer tijd had kunnen besteden aan het liefkozen van het prachtige lichaam van zijn vrouw, maar zij had dat nooit aangemoedigd. Soms, als ze even wat rustiger aan deden, voelde hij Lucrecia's genot van haar lichaam overgaan op het zijne.

Sinds haar dood had hij nog niet eens een bordeel bezocht. Hoe zou hij haar kunnen bedriegen? Trouwens, Lorenzo had hem verteld dat de bordelen de laatste jaren heel gevaarlijk waren geworden. Hij had verteld over de ziekten die zijn patiënten er hadden opgelopen: testikels met puisten, peniskwetsuren, wratten en onwelriekende afscheiding die met een heel arsenaal aan zalfjes moesten worden behandeld. Ja, Chen Pan had genoeg gehoord om de verleidingen te kunnen weerstaan.

En toch fantaseerde hij er vaak over om nog één vrouw te beminnen – een echte tijgerin, die in schaarse zijde voor hem zou dansen, urenlang met hem zou vrijen, samen met hem neer zou vallen van gelukzalige, erotische uitputting.

Maar hoe zou hij na zo'n escapade Lucrecia ooit nog onder ogen kunnen komen, daar aan gene zijde? Benito Sook had Chen Pan op zijn zeventiende verjaardag een smakelijke hoer gestuurd die net was aangekomen uit Hongkong. Een meisje met een prachtig voorhoofd, een perfecte huid en volle lippen. Ze leek op de Vuurzwaan, die trapezeartieste die hij zo lang geleden had gezien in Amoy. Maar de blik in de ogen van het meisje uit Hongkong was beschadigd, had Chen Pan gezien. Hij had haar weggestuurd met een handvol bankbiljetten, zodat ze niet zou verraden dat er niets had plaatsgevonden.

De trein bereikte het station van Santa Clara, waar de verf door de felle zon was afgebladderd. Chen Pan was eerder in het jaar ook al eens op dit station geweest. Hij was hier met Lorenzo overgestapt op de trein naar Cienfuegos, om patiënten te bezoeken in Santa Isabel de las Lajas, Cruces en Cienfuegos. In de tegenovergestelde richting lag Sagua la Grande, met een heel levendige Chinese wijk. Dat was op Havana na de lievelingsstad van Chen Pan.

Op een akker in de verte zag Chen Pan een stuk of tien mannen lopen die aan elkaar waren vastgeketend en onder schot werden gehouden. Ze waren blootshoofds en gekleed in vodden en ze droegen geen kapmessen. Waar zouden ze van zijn beschuldigd? En hoeveel van hen zouden het einde van de week nog halen? Chen Pan wilde zijn kleinzoon wekken en hem nog iets vertellen: *Er is maar weinig zo zeker als haat, mi amor.*

De Belgen werden wakker door de drukte op het station. De steward kwam langs met het ontbijt: zoete broodjes en koffie. Meng at gretig en smeerde alle boter die hij had gekregen op zijn broodje. Lorenzo had geen trek. Hij beklaagde zich erover dat hij een zere rug had van het slapen op de harde bank. Chen Pan ging met zijn kleinzoon naar de wc. Ze persten zich langs de passagiers die in het gangpad stonden en zagen de andere passagiers die achter de dikke glazen schuifdeuren in de andere coupés zaten. Hij verbaasde zich over de eindeloze crinolines die de *criollas* hartje zomer droegen.

Op de wc zag Chen Pan dat de penis van Meng al bijna net zo groot was als die van een volwassen man. Chen Pan hoopte dat hij niet te groot zou worden. Te grote *pingas* waren even problematisch als te kleine, had hij jaren geleden van de verleidelijke Delmira geleerd. Ze had zich beklaagd over een zekere *guajiro* die enorm groot geschapen was en haar vanbinnen had beschadigd. Later had ze vergenoegd verteld dat die man in het ziekenhuis was opgenomen met een paardenziekte die hij had opgelopen toen hij met een merrie had gecopuleerd.

Toen Chen Pan met zijn kleinzoon terugkwam, zat er een nieuwe passagier in de coupé. De man stelde zich voor als Rodolfo Cañizares en hij vertelde dat hij op weg was naar Havana, waar hij minister van Binnenlandse Zaken zou worden. Zijn wangen waren gladgeschoren en opvallend groot, bijna zo groot als kleine pompoenen. Hij sprak op pijnlijk luide toon Spaans met de Belgen.

'Hoe gaat het in Parijs? Eten jullie daar nog steeds slakken?' Hij haalde een klein leren tasje met snuif te voorschijn en bood dat de anderen aan.

De Belgen keken hem wezenloos aan. Chen Pan moest lachen, ondanks zijn intuïtieve afkeer van de man. Zijn glad achterovergekamde haar en zijn gemaakte manier van doen deden hem denken aan zijn oudste zoon. Desiderio was een jaar ouder dan Lorenzo en hij haatte alles wat Chinees was. Chen Pan vond het heel erg dat zijn eigen zoon zich voor hem schaamde, dat hij een hekel had aan zijn accent en aan de Chinese 'pyjama' die hij droeg. Met Kerstmis stuurde Desiderio een krakende *quitrín* naar De Geluksvondst om hem op te halen. Dan mocht Chen Pan gedurende precies één uur onder permanent toezicht zijn andere kleinkinderen zien.

Chen Pan deed het raampje open en liet de wind in zijn gezicht blazen. Ze kwamen in de buurt van het Zapatamoeras, een schoenvormig schiereiland vol bijzondere planten. Lorenzo dacht dat hij daar kruiden kon vinden voor zijn geneeskrachtige dranken. Het was niet meer mogelijk om de noodzakelijke ingrediënten te importeren uit China. Vorige zomer had hij contact opgenomen met twee kruidenhandelaren in San Francisco, maar die leverden spullen van inferieure kwaliteit.

Het aantal patiënten van Lorenzo was sterk aan het afnemen. Er kwamen steeds minder Chinese immigranten naar Cuba; ze gingen veel liever naar de Verenigde Staten. Chen Pan wist dat de meeste oude koelies zoals hij waren gestorven of waren teruggekeerd naar China. In China

town waren er de laatste tijd meer begrafenissen dan ge-
boorten. De jongere generatie beschouwde zichzelf nauwelijks nog als Chinees. Ze gaven bovendien de voorkeur
aan de veel modernere medische geneeskunst: ze wilden
direct resultaat, ook al liepen ze het risico aan de behandeling te overlijden.

Het landschap hier in de provincie Matanzas was saai
en vlak. Hier en daar zag Chen Pan een groepje *bohíos* of
een bouwvallige winkel (die altijd werd gedreven door een
opvliegende *gallego*). Het uitzicht werd soms alleen op-
gefleurd door een bloeiende poinciana. In China geloofde
bijna iedereen dat Cuba het land was van de weelderige
jungle; Lorenzo vertelde dat hij het daardoor zelf ook was
gaan geloven. Toen hij weer terug was, moest hij weer helemaal wennen aan het landschap met zijn doffe vlakten en
de saaie velden vol suikerriet. Soms vergat Chen Pan dat de
zee nooit verder dan vijftig kilometer weg was.

Meng zat uit het raam te kijken. Het was Chen Pan opge-
vallen dat zijn kleinzoon het gelukkigst leek als het stil was;
dat alleen al het geluid van woorden hem erg stoorde. Pas
op zijn derde had hij voor het eerst iets gezegd! Zijn oudere
broer deed meestal het woord voor hem. *Klein broertje wil
meer rijst.* Of: *Meng zegt dat er tweeëndertig mussen in de
laurierboom zitten.* Het eerste wat Meng zei toen hij eindelijk zijn mond opendeed, was: 'Ik wil pistacheijs met extra
chocoladesaus.'

Lorenzo vreesde dat zijn zoon dom was, maar volgens
Chen Pan was dat niet het geval. Kleine Meng, zei hij, was
een geboren wiskundige; al heel lang voordat hij naar

school ging, kon hij vermenigvuldigen en delen. Hij kon uitstekend overweg met het telraam van Chen Pan en hielp Lorenzo vaak met de onderhandelingen over zijn diensten. Als een patiënt geen geld had, stelde Meng bijvoorbeeld voor dat hij ook wel met een blik benzine kon betalen. Chen Pan kon maar niet wennen aan de manier waarop zijn zoon zaken deed. Zo kon het zijn dat Lorenzo op een dag werd betaald met kippen, guavepasta, talkpoeder, kaarsen, gezouten kabeljauw, rum, een bijl, een hangmat, zoete aardappelen of een mandje verse krab. Vier jaar geleden had Lorenzo Jade Peach gekregen toen hij een schildklier ter grootte van een voetbal had weggehaald uit de hals van een scheepstimmerman.

Het was niet gemakkelijk om *el médico chino* te zijn. Overal waar Lorenzo kwam, zag hij ziekten en uitputting. Chen Pan had van zijn zoon geleerd om ziekten te zien in de ogen van de mensen, aan de conditie van hun huid en aan hun manier van bewegen. Tijdens een wandelingetje over de markt of tijdens een ritje op een passerende ezelskar kwam hij mensen tegen met suikerziekte, geelzucht, kanker, tumoren en hartaandoeningen.

En dan waren er natuurlijk de mensen die zijn zoon niet kon genezen met zijn kruiden en zalfjes, zoals de notaris in Cárdenas die op snikhete zomerdagen in een bontjas liep of de wasvrouw met de felblauwe ogen die dacht dat ze de koningin der geiten was en graan at uit een vergulde schaal. Daar was geen kruid tegen gewassen.

Vlak bij Guïnes trok een bruiloftsstoet over een zandweg naar een witgeschilderd kerkje. De paarden waren versierd met talloze gekleurde linten en Chen Pan meende het getinkel van de belletjes aan hun tuig te horen. Helemaal achteraan reed het rijtuig van de bruid, dat was versierd met duizend camelia's. Chen Pans hart sprong op, vol goede wensen voor het bruidspaar dat hij niet zag. Hoe jong zou hij hen waarschijnlijk vinden, dacht hij, en hoe naïef.

De Cubaanse dandy werd met een gorgelend geluid wakker en keek Cañizares van opzij keurend aan, alsof hij een prooi bestudeerde. Toen begon hij met zijn ochtendritueel, waaronder het insmeren van elk bloot stukje huid met gardeniaolie. Daarna haalde hij een zak walnoten uit zijn koffer en begon die te kraken, wat zóveel lawaai maakte dat het leek alsof er geschoten werd. De passagiers in de aangrenzende compartimenten werden erdoor gealarmeerd en begonnen weer te schreeuwen dat de trein werd belegerd.

De stortbui kwam uit het niets. Het ene moment was de lucht helder blauw en glanzend als Frans porselein en het volgende moment joegen dikke wolken langs de hemel, voortgejaagd door een harde wind. De vogels vlogen verschrikt rond, op zoek naar een droge plek om de bui af te wachten. Een sapotilleboom trilde en wierp zijn nog onrijpe vruchten af. Kleine knop. Klein jongetje dat in Havana op hen wachtte! Nog maar een paar uur, dacht Chen Pan, dan zou de trein aankomen en zou hij zijn nieuwe kleinzoon zien.

Wierook

SAIGON
(1970)

Tijdens de eerste maanden van haar zwangerschap at Tham Thanh Lan alleen maar hartig voedsel: ingemaakte meloenen, kwarteleitjes in gezouten azijn en modderige wortels die ze aan de rand van de stad opgroef en waar ze soep van kookte. Ze sprenkelde overal vissaus overheen, zelfs over het ijs dat Domingo voor haar uit de kantine meenam. Hij bood haar allerlei Amerikaanse hapjes aan: pindakaas en zoutjes, chocoladekoekjes, hamburgers. Maar dat stond haar allemaal erg tegen.

Nu was het al zover dat Tham Thanh Lan Domingo alleen nog maar wilde kussen als hij *nuoc mam* op zijn lippen deed. En als hij wilde vrijen, moest hij de vissaus zelfs overal opsmeren.

Domingo probeerde haar Spaans te leren, die andere lichaamstaal. *Mi reina. Mi adoración. Eres mi sueño.* Ze zei dat ze een jongen zouden krijgen en Domingo twijfelde daar niet aan. Hij leerde haar om *mi hijo* te zeggen, mijn zoon. Maar ze was niet zo geïnteresseerd in nieuwe woorden.

Hij wilde Tham Thanh Lan leren dansen, maar haar heupen wilden niet.

204

'Ik ben te moe,' zei ze en ging weer een dutje doen.

Domingo kocht uit verveling allerlei spullen voor haar die ze niet nodig had: een krultang en een wafelijzer, cakemeel voor citroencake, een gloednieuwe naaimachine, die ze voor veel geld doorverkocht aan een kleermaker die uniformen maakte voor de Vietnamese marine. Hij kocht ook een radio voor haar, maar ze wilde dat hij die terugbracht. Domingo kon niet wennen aan de stilte, aan de monotonie als zij lag te slapen. Overal begon hij muziek in te horen: in het gesis van de nieuwe theepot, in het gerommel van zijn maag. *Tintintintin patá patí.* Zonder ritme was hij nergens. Zijn Tío Eutemio had hem verteld dat trommelen in de slaventijd verboden was. De eigenaren van de suikerplantages wilden niet dat 'hun' slaven zich te veel opwonden of berichten stuurden naar slaven op andere plantages. In die tijd was het bezitten of bespelen van een trommel een misdaad waar de doodstraf op stond. En daarom hadden de trommelaars geleerd om te fluisteren op hun instrumenten.

Op de dag dat Domingo een elektrische ventilator kocht voor Tham Thanh Lan, vertelde ze hem dat hij haar zou verlaten, dat hij paard zou rijden op een plek met rotsen en zonder bomen, een landschap dat Domingo niet kon plaatsen. Toen zette ze de ventilator aan en ging in de kunstmatige bries liggen. Achter haar bewogen de plakkerige gordijnen.

Ze droomde over dode krabben die lagen te rotten op de rivieroever en werden schoongepikt door zeemeeuwen en zandvlooien. Tham Thanh Lan herinnerde zich de zomer dat de rivier de Mekong was doodgegaan en dat de vissers alleen nog maar dode vissen in hun netten vingen. Soms werd ze doodsbang wakker en dacht ze dat er in plaats van een baby een krab in haar buik zat. 'Het bewoog als een krab!' gilde ze. 'Het liep zijwaarts!' Ze huilde tot Domingo haar troostte met vissaus en kussen. Hij legde zijn handen op haar buik en zei: '*Mi amor*, krabben schoppen niet zo.'

Zijn moeder had de *yanquis* de schuld gegeven van elke misvormde baby die ze in Guantánamo had gehaald: de baby die was geboren met een oog in zijn navelstreng: de drieling van de kapper die als papieren poppetjes met handen en voeten aan elkaar vastzaten. De Amerikanen, beweerde ze, hadden gif gegooid in de Río Guaso en ze hadden de suikervelden vergiftigd en de koffiestruiken besmet met rode pest. Mamá had een keer met Pasen een Haïtiaans jongetje gehaald met een hartje dat buiten zijn lichaam had geklopt. Even later was het kleine hartje als een granaat in haar gezicht geëxplodeerd.

Domingo nam Tham Thanh Lan mee uit wandelen in de tuin achter de boeddhistische tempel. Hij vertelde haar verhalen over de generaal die hij de hele dag moest rondrijden, generaal Arnold F. Bishop, die in de oorlog in Korea zijn been had verloren en nu een kunstbeen had. Dat kunstbeen raakte op de meest ongelegen momenten los. Vorige week waren ze op een landweggetje door een diepe kuil gereden en was het been niet alleen losgeschoten maar ook nog de auto uitgeslingerd en had het een boer geraakt, die vervolgens van schrik van zijn waterbuffel was gevallen.

In maart moest Domingo tien dagen weg; hij ging met de generaal in een gewapend konvooi de troepen in het zuiden inspecteren. Generaal Bishop was een grote fan van Bob Hope en hij keek elk jaar enorm uit naar zijn kerstshow. Hij beweerde dat hij met een van de Gold Diggershowmeisjes had geneukt, een perverse meid uit Kansas City die klaar was gekomen terwijl ze op de stomp van zijn been zoog. Domingo had de kerstshow tijdens zijn eerste winter in Vietnam gezien. De vrouwen waren mager, hadden platte billen, nauwelijks borsten en paardenbenen. Daar kwam bij dat hij de moppen niet snapte. Niet één. Hij miste de meisjes uit Guantánamo: de stretchbroekjes en de strakke legeruniformen waar hun rondingen heel mooi in uitkwamen. In het jaar dat hij was vertrokken, hadden ze een of ander Pools parfum op, dat rook naar blauweregen en benzine.

Maar daar wist generaal Bishop allemaal niets van. En toch had Domingo geen nee gezegd toen de generaal hem zijn vaste meisje in My Tho had aangeboden.

Toen hij terugkwam in Saigon, had Tham Thanh Lan nauwelijks gegeten of geslapen. Ze keek hem met haar donkere, opgezwollen ogen beschuldigend aan. Hoe wist zij nu dat hij met een andere vrouw naar bed was geweest?

'Je gaat toch wel met me trouwen?' vroeg ze elke keer als ze met elkaar vrijden. Op zo'n moment voelde Domingo zich altijd dankbaar en willoos. En zei hij altijd ja.

Hij wist uit ervaring dat zwangere vrouwen zich niet normaal gedroegen. Hij had gezien dat de vrouw van de slager, Leoncia Agudín, een heel gelovige vrouw, haar man op straat de ergste vloeken naar zijn hoofd had geslingerd. Wat had hij gedaan: hij had een *cucurucho* gekocht van een knappe pindaverkoopster. Maar ze was destijds wel vijf maanden zwanger. Vrouwen die de ene baby na de andere kregen, werden *barrigonas* genoemd (en er waren veel *barrigonas* in Guantánamo). Hun nogal afwijkende gedragsnormen werden hun bij voorbaat vergeven.

Domingo was opgegroeid tussen die gekke, zwangere vrouwen. Ze zaten in de keuken van zijn moeder, deden scheuten rum in de koffie die ze 's ochtends dronken, bespraken de laatste roddels en lachten uitbundig om de mannen, die ze met zoveel hartstocht beweenden of belachelijk maakten dat Domingo zich ervoor schaamde dat hij een jongen was. Zijn moeder zag dat hij bloosde en zei: 'Niets van aantrekken, *mi cielo*. Dat heeft allemaal niets met jou te maken.'

De vrouwen zetten Radio Mil Diez keihard aan en dansten met elkaar, de ene kolossale buik tegen de andere, of ze trokken Domingo naar zich toe en leerden hem de cha-cha-cha. '*Así*, kleine Papi. Niet te dichtbij, anders willen de nette meisjes niet met je dansen.' Op die manier had hij allerlei vrouwengeheimen leren kennen.

Domingo hoorde over Amerikaanse soldaten die hun Vietnamese verloofde of vrouw na hun afzwaaien mee naar huis hadden genomen. Het leger was daar niet voor en deed er alles aan om de stellen uit elkaar te houden, vooral als er kinderen waren. Een paar mannen hadden uit liefde voor die hoeren al zelfmoord gepleegd. Iedereen zei dat ze *gook hoodooed* waren. Daar was geen remedie tegen, alleen de dood.

Allerlei verhalen deden de ronde over voormalige barmeisjes die ineens in Georgia zaten, hun haar blondeerden, spijkerbroeken en cowboyhoeden droegen en zich Delilah noemden. Of over minderjarige meisjes die zich kleedden als Chinese poppetjes omdat hun man dat zo graag wilde, rondliepen in kleine stadjes in Texas of Mississippi en sieraden kochten bij Woolworth's. Het treurigst waren de zelfmoorden, de vergiftigingen, de doorgesneden polsen. Alles deden ze om hun geest te bevrijden en naar huis te sturen.

Domingo verbaasde zich over dat soort dingen. Was het wel goed als mensen zulke grote afstanden aflegden? Als ze tussen mensen gingen wonen die zo anders waren dan zij? Zijn overgrootvader was honderd jaar geleden uit China vertrokken, straatarm en helemaal alleen. Hij was verliefd geworden op een slavenmeisje en had een heel nieuw ras gesticht: bruine kinderen met Chinese ogen die Spaans en een paar woordjes Abakua spraken. Zijn familie in China had hem nooit meer teruggezien.

Omdat Domingo voor generaal Bishop werkte, mocht hij wel in de officiersclub komen, maar hij was er niet echt welkom. Zijn huid was te donker en aan zijn gezicht was niet meteen te zien dat hij een van hen was. De barkeeper weigerde om een *mojito* voor hem te maken – rum, soda-water, limoensap en een takje munt. In plaats daarvan kreeg hij lauw bier. Ook in het ziekenhuis was hij niet bepaald correct behandeld. Daar lag hij dan, met zijn verwondingen en een paar onderscheidingen, maar de verpleegkundigen deden afstandelijk en onaardig. Dat was niet alleen zo in het leger. Vier jaar geleden was hij gearresteerd door een politieagent in Guantánamo wegens 'negerpraktijken'; alleen maar omdat hij zijn haar liet groeien tot een afrokapsel. *Por favor.* Zijn moeder had één blik geworpen op de korpschef (die ze toevallig tweeëndertig jaar daarvoor ter wereld had gebracht, ze wist nog dat hij erg last had gehad van geelzucht) en hij had Domingo meteen weer vrijgelaten. Nu was hij zesduizend kilometer ver weg voor de Amerikanen aan het vechten, en nog vertrouwden ze hem niet.

Een andere chauffeur, Emory Plate, een indiaan, beklaagde zich ook over de oneerlijke behandeling. Hij vertelde Domingo dat zijn vader een beroemde sterrenwichelaar was geweest in New Mexico en precies wist wanneer een kind ziek zou worden of wanneer een schaap zou gaan werpen. De mensen kwamen uit de verre omtrek om hem om raad te vragen. Emory zei dat hij wilde dat hij beter had opgelet toen zijn vader hem vertelde over het sterrenlicht. Nu was zijn pa al een jaar dood en wie snapte er iets van het leven?

In Cuba had Domingo geleerd dat de blanke kolonisten in Noord-Amerika de meeste indianen hadden vermoord en dat ze hun bizons hadden uitgeroeid en massaal over de Great Plains waren getrokken en de overgebleven indianen naar reservaten hadden gestuurd. Dat had Domingo geleerd op school; leraren die het woord *yanquis* nauwelijks over hun lippen konden krijgen, spuugden op alles wat Amerikaans was en hadden Domingo geleerd dat ook te doen.

Hij herinnerde zich dat diezelfde leraren alle kinderen op school hadden gevraagd om tot God te bidden om een ijsje. Op maandag baden ze, op dinsdag, op woensdag en op donderdag. Op vrijdag zeiden de leraren: 'En nu moeten jullie bidden tot El Comandante en zijn grote revolutie om jullie een ijsje te geven.' Een half uur later kwam de assistent van het schoolhoofd de klas binnen met twee grote emmers vanilleijs.

Op een avond, terwijl ze zaten te drinken, vertelde Domingo aan Emory dat hij zich zo gevangen voelde tussen zijn verplichtingen en zijn verlangens. Dat Tham Thanh Lan het ene moment rot tegen hem deed en hem het andere moment weer wilde pijpen. Dat hij zich naar beneden gehaald voelde door zijn sterke verlangen. Domingo zat al achter zijn zevende biertje. Hij kreeg tranen in zijn ogen. Thuis maakten zijn ooms korte metten met het beruchte ananasbrouwsel waar zelfs de flinkste drinkers van onder de tafel gingen. *El crocodilo* heette het, want de drank sloeg toe op het moment dat je het juist niet verwachtte.

De volgende dag ging Domingo met een flinke kater naar de legerbibliotheek. Hij hield niet zo van lezen, maar hij had behoefte aan wat simpele afleiding. Het eerste boek dat hij leende, was *So you're pregnant!* Domingo las dat de foetus na drie maanden zo groot is als een rozenknopje, dat er al na zes maanden vetafzettingen onder de huid plaatsvinden. Hij probeerde zich de nog blinde oogjes van zijn kind voor te stellen, de oorlelletjes en de vingertjes met de minuscule nageltjes. De zevende maand werd de foetus bedekt door de vernix caseosa, een wasachtig smeersel dat de huid beschermt, net zoals het vet waarmee zeezwemmers zich insmeren. Maar Domingo vond het moeilijk om zich de baby groter voor te stellen.

Die avond, terwijl hij dacht aan het groeiende lichaam van Tham Thanh Lan, werd Domingo bang. Hoe kon hij nu vader worden? Hij had niet eens zijn eigen vader kunnen beschermen, hij kon niet eens een goede zoon zijn. Tham Thanh Lan was in de keuken thee aan het zetten. Daarna ging ze aan tafel zitten, in gedachten verzonken, en roerde in haar thee tot die koud werd. Zo nu en dan keek ze naar Domingo en glimlachte.

Coño, wat wist hij nu werkelijk van deze vrouw?

Als alles maar kon stoppen, als alles nu maar in elk geval een uur stil kon staan en hetzelfde kon blijven. Maar in plaats daarvan holde alles maar voort, meedogenloos, als een rivier die nooit ophield met stromen en nooit hetzelfde was. Soms zeurde er een Vietnamese frase door zijn hoofd: *Chet roi.* Al dood. Een haakje in zijn mond, zoals een vis uit de rivier. Misschien had hij een trekkoord nodig om zichzelf uit dit rotleven te halen.

Domingo ging andere boeken lenen uit de bibliotheek – cowboyverhalen, een boek over tropische ziekten, een geschiedenisboek over de Amerikaanse Burgeroorlog. Hoe minder het te maken had met zijn leven, hoe beter. Hij hield op met pokeren en dobbelen, en zette zijn geld op een spaarrekening van het leger. Bij de Vietnamese waterputten, waar de andere chauffeurs naartoe gingen voor een snelle was- en onderhoudsbeurt, en waar ze zich voor twee dollar in een schuurtje zelf ook lieten bedienen, zat Domingo alleen maar te lezen.

Hij las *A Child's Book of Saints* negen keer. Domingo bewonderde vooral de heilige Johannes Nepomucenus, die koning Wenceslaus weigerde te vertellen wat diens vrouw had gebiecht. Hij werd in de gevangenis gezet, vreselijk gemarteld, maar de heilige Johannes hield zijn mond.

Soms vroeg hij zich af wat de mannen van zijn eerste peloton nu deden, thuis in Brooklyn, Omaha, St. Louis of Tuscaloosa. Zou Lester Gentry nog steeds voor zijn pa werken? Zou Joey Szczurak weer naar school zijn gegaan of zou hij alleen nog maar heroïne spuiten? Keken ze nu op het nieuws naar de oorlog, net als alle andere Amerikanen? Wat deed het er trouwens toe? Ze zouden vroeg of laat zelf ook allemaal doodgaan, langzaam of snel, ze verloren allemaal ooit het licht.

Op de laatste dag van augustus kwam Domingo in het huisje van Tham Thanh Lan met een doos bonbons van tien dollar. Ze was er niet. Het was een warme, vochtige dag en de muskieten waren meedogenloos. Na een tijdje begon Domingo aan de bonbons, maar hij kon ze bijna niet doorslikken. Zijn keel voelde pijnlijk en ruw. Hij was bang dat hij iets belangrijks vergat, iets wat alles kon veranderen.

Cristina García

Zijn oren deden pijn van het ingespannen luisteren naar niets.

Er lag een sinaasappel op de keukentafel. Hij ging zitten en schilde hem met zijn zakmes. Zijn vingers roken naar de dikke schil. Hij wist nog dat zijn vader hem vertelde dat in 1847, het jaar dat Chen Pan was aangekomen in Cuba, een Chinese koelie honderdvijftig peso kostte. Honderdvijftig peso voor acht jaar van een mensenleven – als de *chino* het tenminste zo lang uithield. Over twee keer dat aantal jaren, dacht Domingo, zou zijn zoon volwassen zijn.

Zijn rechterbeen sliep door het zitten. Hij stond op en begon op en neer te springen tot hij weer gevoel kreeg in zijn voet. Toen begon hij door het huisje te ijsberen. Alles leek ineens zo klein, net een benauwde kooi. Dat kinderbedje met dat dekentje, die keukentafel die niet groter was dan een flinke trommel. En in contrast daarmee voelde hij zichzelf vreemd groot, vooral zijn handen.

Wat moest hij doen? Hij wilde het weten, wat het dan ook was.

Hij voelde in zijn zak naar de bril van zijn overgrootvader. Hij poetste de brillenglazen met zijn overhemd en zette de bril op. Papi had hem verteld dat Chen Pan altijd heel scherp kon zien, tot een half jaar voor zijn dood. Domingo keek naar zichzelf in de spiegel die boven de wastafel hing. Het midden van zijn gezicht zag hij scherp, maar aan de randen werd het veel waziger.

Hij deed zijn ogen dicht, nog steeds met die bril op, en zag zijn vader voor zich op de dag dat ze Cuba hadden verlaten. Papi had zijn witte linnen pak aan en zijn panamahoed op. In zijn knoopsgat droeg hij een rode anjer. Tijdens de korte vlucht over de Straat van Florida hield hij stevig Domingo's hand vast. Toen ze aankwamen op Miami Airport, werd Papi's hoed geconfisqueerd omdat er tropische vlooien in zaten. Hij kocht meteen een nieuwe, zijn eerste aankoop op *yanqui*-grondgebied.

Heel even, terwijl Domingo zich dit herinnerde, voelde hij zich verrukt, vervuld van vrede, alsof hij nu pas echt kon uitrusten. Hij schreeuwde het uit van dankbaarheid.

'Papi!' riep hij. '*¡Aquí estoy!*'

Maar toen hij zijn ogen weer opende, verdween zijn vader uit beeld, langzaam en steeds hoger, als een geest die op zoek is naar zijn thuis. Domingo stelde zich voor dat hij begeleid werd door een troep ganzen die gracieus en indrukwekkend met hem meevlogen. Zijn hart zwol van tederheid! En in de fletse lucht achter hem zweefde Papi's panamahoed, als een vredig voorteken.

Tegen zonsopgang kwam Tham Thanh Lan terug. Haar haar zat verward en de zoom van haar *ao dai* was gescheurd en zat vol modder. Ze hield een gammel bamboe kooitje omhoog met krekels die ze langs de rivier had gevangen. Ze was bijna acht maanden zwanger.

'Het ontbijt?' vroeg Domingo voor de grap. Hij voelde zich opgelucht.

Tham Thanh Lan gaf geen antwoord. Ze imiteerde het geluid van de krekels door haar tong tegen de achterkant van haar voortanden te drukken en lucht tussen haar tanden door te persen. Ze eiste dat Domingo met haar naar de

Giac Lam-pagode ging. Dat was de oudste tempel in Saigon en het was bijna vijf kilometer lopen, helemaal naar de wijk Tan Binh. Het was bloedheet. Domingo dacht aan het mortuarium van het leger in Danang waar hij vorig jaar rond deze tijd was geweest: de stank van de balsemvloeistoffen en de dode, naakte mannen die werden dichtgenaaid alsof hier wrede wetenschappelijke experimenten werden uitgevoerd. Hij had twee dagen lang niets kunnen eten.

Bij de ingang van de pagode stond op een lotusbloem een beeld van Quan Am, de godin van de genade. Tham Thanh Lan trok haar sandalen uit en gebaarde dat Domingo zijn schoenen uit moest doen. Ze liep met hem langs honderden grafstenen en een heleboel vergulde figuren die hij niet kon thuisbrengen.

Overal brandden kaarsen en bij elke kaars lag een klein briefje met een wens. In een hoek stond een vaas met witte lelies. Domingo dacht aan alle wensen die op kleine briefjes waren begraven aan de voet van de ceibaboom die in het Parque Martí stond; een onmetelijke hoeveelheid wensen en talismannen. Zijn moeder bad altijd aan de voet van die heilige boom voordat ze naar haar werk ging. *Araba iya o*, zo begroette ze die boom, en ze vroeg hem zijn zegen voor haar werk als vroedvrouw. Op weg naar huis bedankte ze de boom omdat ze het werk weer goed had kunnen doen.

Domingo probeerde zich iets te bedenken wat hij ooit heel graag had gewild. Toen hij negen jaar was, was hij langs het strand gerend bij Santiago. De revolutie was nog maar een maand oud. Zijn vader had hem gewaarschuwd

voor de gevaarlijke onderstroom, de getijstroom die al veel
achteloze mensen het leven had gekost. Maar hij zag alleen
maar rustige golven, die heel regelmatig en voorspelbaar
het strand op spoelden. Steeds harder rende hij, harder en
harder, tot hij in zee dook.

Domingo beschermde zijn ogen tegen de gloed van de
kaarsen. De was rook schroeierig. Gisteren had hij op de
basis zijn hele spaartegoed opgenomen. Duizendtwaalf
dollar. Hij wilde alles aan Tham Thanh Lan geven, hij wilde het voor haar uittellen op de keukentafel en haar belo-
ven dat hij elke maand geld zou sturen. Hij moest weg, hij
moest haar verlaten.

Tham Thanh Lan pakte zijn hand en leidde hem naar
het beeld van Thich Ca Boeddha als kind, gekleed in het
geel. 'Dit is *mi hijo*,' zei ze tegen de jonge god, terwijl ze haar
enorme buik vasthield. Toen ging ze op haar knieën zitten.
Ze wilde dat Domingo haar trouw beloofde, met deze god
als getuige. Hij begon te bidden – niet tot Boeddha maar
tot Ochún, vanwege de gele kleren van de god:

Madre mía, dueña de todos los ríos del mundo
donde todo hijo de santo va bañarse para
recibir la bendición del agua dulce...

Tham Thanh Lan kocht een vingerdikte geparfumeerde
petroleum voor een van de negenenveertig lampen op het
altaar dat bezaaid was met miniatuur-bodhisattva's. Ze
vertelde Domingo dat de petroleum zou verbranden met
haar wens om geluk voor hen beiden. Ze schreef hun na-

men op een stukje papier en maakte het vast aan een hoekje van het altaar. Domingo's shirt was doorweekt van het zweet maar zijn huid voelde koud, alsof hij een vis was die net op het droge was gehaald. Hij voelde zijn bloed zinloos door zijn lichaam stromen.

Een bronzen klok klonk door de rokerige tempel; het geluid steeg op en nam Tham Thanh Lans gebed mee naar de hemel.

Het was schemerig toen ze terugkwamen van de tempel. Tham Thanh Lan ging naar bed, nog steeds met haar *ao dai* aan. Buiten kletterde de regen naar beneden. Een stuk lucht aan de horizon werd paarsig verlicht door de bliksem. In een banyanboom begonnen een paar vogels luid te kwetteren.

Domingo bekeek zichzelf vanaf een afstand terwijl hij naar Tham Thanh Lan zat te kijken, alsof hij een geest was aan de overkant van de rivier. Geluidloos lag ze in het donker te ademen, stralend door het dubbele leven, zich niet bewust van de nachtvlinders, de regen, hun einde. Haar kleine voetjes bewogen in de lucht. *Nu ga je weg en kom je nooit meer terug.* Verbeeldde hij het zich nu, dat ze dat zei?

Hij stond bij het raam en stelde zich voor dat de ruit aangroeide en zich vermenigvuldigde tot in de hemel; een lange rij conga's van trillend glas. Misschien moest er een soort realitysalsa worden bedacht, met liedjes voor de dood, voor de stilte, voor het vergeten. Domingo stelde zich duizenden paren voor die stil en intiem met elkaar dansten en onuitsprekelijk verdriet opnieuw beleefden.

Was een mislukking, een spectaculaire mislukking, eigenlijk geen prestatie op zich?

Voordat de zon opkwam, legde Domingo het geld overal neer in Tham Thanh Lans huisje. Hij stopte het onder het matras, in de pannen, in haar zijden pantoffels, en legde de grootste bankbiljetten opgevouwen in haar juwelenkistje uit Hongkong. Als ze ernaar zocht, zou ze alles binnen tien minuten hebben gevonden. Hij wilde haar nog iets geven, iets onuitwisbaars, een bewijs van zijn trouw. Toen dacht hij aan hun zoon.

Op straat waren de eerste soepventers al hun houtskoolvuurtjes aan het opstoken. De arbeiders in hun blauwe uniformen reden haastig voorbij op hun antieke fietsen. Een groepje kooplui liep naar de Cholonmarkt met hun manden vol guaves, mango's, kippen en slangen. Domingo kocht een kom soep met noedels en ui. De soep was lekker; vrij scherp door de rode pepers die erin zaten. Hij betaalde de soepverkoopster met zijn laatste Vietnamese munten en vertrok.

LAATSTE SACRAMENTEN

'De Geest wil alleen dat er gevlogen wordt.'

Rainer Maria Rilke

Het ei en de os

Chen Fang

SHANGHAI

(1970)

De bewakers zijn de gevangene weer aan het slaan. Het is die vrouw die vorig jaar zomer zelfmoord heeft geprobeerd te plegen. Ze had een punt gemaakt aan haar tandenborstel door hem te slijpen op de betonnen vloer en had die punt in haar pols gestoken. Het arme mens huilt de halve dag, wat iedereen enorm op de zenuwen begint te werken. Soms begint ze keihard te lachen, maar dan slaan de bewakers haar tot ze weer stil is.

Ik zit hier nu drie jaar. De koude wind bevriest zelfs de tralies van mijn cel. Het stof wordt door de kieren in de muren geblazen. Als ik 's ochtends wakker word, voel ik een enorme druk op mijn borst, alsof er een paard op mijn borstbeen heeft gestaan.

Binnenkort zal de winter weer terugkeren, met zijn genadeloze parels. De wereld is niet meer zoals vroeger. De sterren zijn uit koers geraakt en hangen vrij en doelloos in de lucht. Het is hier altijd schemerig.

Ik denk niet dat ze hadden verwacht dat ik het zo lang zou volhouden. Veel te zacht, zeiden ze spottend. Veel te bedorven door de westerlingen. Ik ben tweeënzeventig jaar. Mijn handen zijn stijf, rood door de jicht en vergroeid doordat ik maandenlang handboeien om had. Mijn tandvlees is zwart en bloedt voortdurend. Als ik wil eten, moet ik eerst het bloed eruit drukken.

Ik heb twee keer in het ziekenhuis gelegen. De eerste keer had ik longontsteking en de tweede keer een rectale bloeding. Ik ben bang dat ik een tumor heb. Als ik ontlasting heb, doet dat ontzettend zeer. Maar ik moet toch eten. We krijgen alleen rijstepap, soms een beker warm water erbij als die vriendelijke bewaakster dienst heeft. Gisteren heeft de dikke bewaakster mijn schouder uit de kom getrokken toen ze mijn arm op mijn rug draaide.

De ondervragingen zijn heel onregelmatig. Soms een week lang twee tot drie keer per dag en dan weer maanden niet. Mijn beulen bedreigen me met de dood en denken dat ik daar bang voor ben. Ze snappen niet dat de dood veel aantrekkelijker voor me is dan dit leven. Misschien is er wel iemand aan gene zijde die me al roept: *Kom nou, Chen Fang. We wachten op je. Alles is hier veel beter.* Misschien is de eeuwigheid alleen maar een van vele mogelijkheden.

Mijn ondervragers worden woedend door mijn passiviteit. Ze schreeuwen in mijn gezicht, waardoor hun speeksel over me heen sproeit. 'Beken! Beken!' Het is heel vermoeiend.

Mijn ogen gaan achteruit. De bewakers hebben mijn bril gebroken op de eerste dag dat ik hier was en ik heb nog steeds geen andere. Vanochtend woei er vanuit de binnenplaats een herfstblad in mijn cel. Het karmozijnrood en het geel deden pijn aan mijn ogen. Ik hield het vlak voor mijn gezicht, draaide het voorzichtig om en voelde aan de tere nerven. Ik werd er erg door getroost, alsof ik een kostbaar licht koesterde.

Het geluid van de regen spoelt mijn diepste wanhoop weg. Als het harder gaat regenen dan een lichte motregen, wordt het een probleem. In juni kwam de vloer van mijn cel onder water te staan en kreeg ik last van schimmel en muskieten. In één nacht groeiden er paddestoelen op de muren en beschimmelden mijn slippers.

Elke dag doe ik gymnastiekoefeningen en maak ik mijn bed zo goed mogelijk schoon. Ik probeer me gedichten te herinneren; woord voor woord haal ik de zinnen terug. Ik vind het leuk als ik weer een paar regels weet, zoals deze strofe uit een gedicht van Meng Chiao:

> *Een streep maanlicht valt over het bed,*
> *muren laten wind door de kleren snijden,*
> *de verste dromen blijven toch dichtbij,*
> *mijn zwakke hart komt gemakkelijk weer thuis.*

Ik herinner me de bergen graag zoals ze in de zomer zijn – de zon die als een steen in de lucht hangt, de krekels die de lucht met hun kleine zorgen vullen. Eindeloze dagen, lui en heerlijk. De beek die uit de bergen stroomt, verkoeling brengt en stenen polijst. De grillige kleine uil die onder de dakgoot van de dorpsschrijver op muizen zit te loeren. De wind woei vaak zo hard dat het leek alsof hij massief was, alsof er een blok hout tegen mijn huid drukte.

Vorige maand vroeg de vriendelijke bewaakster me of ik

een gedicht wilde schrijven voor de verjaardag van haar zoontje. 'Dan heb ik iets om aan je te denken als je er niet meer bent,' fluisterde ze. Ze is een lelijke vrouw met een haakneus. Ik weet dat ze niet wreed wil zijn. De andere bewakers schoppen en duwen me tot ik op de grond val. Ze halen mijn eten weg als ik het nog niet op heb (ik kan niet snel eten vanwege mijn tandvlees). Maar deze bewaakster geeft me altijd genoeg tijd. Ik ben geen dichter maar ik heb wel iets voor haar zoon geschreven.

Als alleenstaande vrouw, lerares literatuur, heb ik heel eenvoudig geleefd en heb ik geleerd om gebrek te verdragen als een voortdurende dorst. Ik verlangde naar mijn vader in Cuba, naar mijn lieve oudere zussen, naar de aanraking van mijn geliefde Dauphine. In China zijn vrouwen nooit alleenstaand en zelfstandig. Ze zijn gehoorzaam aan hun vader, hun echtgenoot, hun oudste zoon. Ik leefde buiten de zeggenschap van mannen en daardoor was mijn leven zo kwetsbaar als een ei op een os.

Toen de communisten aan de macht kwamen, werden alle buitenlandse docenten van onze school ontslagen: Dieter Klocker, de koordirigent, Serendipity Beale, de Britse historica die me cribbage leerde spelen, de biologe Lina Ginsberg, die op de vlucht voor de nazi's naar Shanghai was gekomen en met een Chinese geleerde was getrouwd. De nieuwe leiders zeiden dat ze niet wilden dat de studenten werden belast met buitenlandse invloeden.

Aanvankelijk mocht ik op school blijven werken (de school werd omgedoopt tot de Middenschool van het Glorieuze Moederland). Ik deed mijn best om het beleid uit te voeren dat werd vastgesteld door de partijleiders en tegelijkertijd mijn taken als lerares goed te vervullen. Een keer per week kregen mijn studenten les van een legerofficier. 'Jullie moeten tuinen aanleggen met jullie bajonetten!' schreeuwde hij steeds weer. Wat moest ik mijn leerlingen daarna nog vertellen?

Ik vertelde hun het verhaal van Li Kuang, de gesel van de Hunnen. Op een avond werd Li Kuang dronken en zag hij een steen aan voor een tijger. Hij besloot het dier te doden, pakte zijn pijl en boog en schoot de 'tijger' neer. De volgende ochtend zag Li Kuang dat zijn pijl de steen had doorboord, met veren en al.

'Met wilskracht,' zei ik tegen mijn studenten, 'kan een veer een steen doorboren.'

Maar ik weet niet of ze dit verhaal wel begrepen. Ik ben bang dat de nieuwe generatie nauwelijks historisch of cultureel besef heeft. Het zijn jongens en meisjes die zijn grootgebracht met leuzen. Geweren hebben de plaats ingenomen van het verstand. Vroeger maakten molenaars de ezels die ze in hun tredmolen gebruikten blind. Is dat wat wij geworden zijn? Een land van blinde ezels? Wat is er gebeurd met de ideeën waarvoor een heel leven nodig was om ze te omvatten?

Ik mis onze oude taal, de subtiliteit en het vertroostende ervan. Tegenwoordig moet al het oude worden vernietigd: oude gewoonten, oude culturen, oude denkwijzen. Leraren werden vroeger op een voetstuk geplaatst. Maar wat ben ik nu nog? Een stuk vuil. Nauwelijks meer een mens. Te oud om dood te maken.

Toen de laatste verschrikkingen begonnen, sloegen mijn eigen studenten me met stokken. Ze dwongen me om urenlang op de grond geknield te zitten tijdens een bijeenkomst in de aula van de school. De voorzitter van de studentenraad, Niu Sheng-chi, beschuldigde me ervan dat ik de kinderen van Chinese kapitalisten voortrok, dat ik burgerlijke regels stelde in de klas en dat ik kritiek had op het Rode Leger door middel van scherpzinnige allegorieën. Dit voorbeeld werd helaas door anderen gevolgd. Mijn collega-literatuurdocenten maakten er melding van dat ik de studenten verpestte met buitenlandse auteurs (Kipling, Dickens, Flaubert). De wiskundeleraar beschuldigde me ervan dat ik de jonge kinderen hersenspoelde door ze te leren zelf na te denken (door de ironie daarvan moest ik hardop lachen).

Veel buren van me werden gedwongen om mee te werken en me van allerlei denkbeeldige vergrijpen te beschuldigen. Ik zag dat Pang Bao, de violist die in het appartement naast me woonde, tijdens de zitting beschaamd het hoofd boog. Maar tientallen anderen deden mee aan het geschreeuw en de kreten: 'Vuile hond! Kapitalistische hoer! Spion!' Deden ze dat uit vrije wil? Ik zag dat de petroleumverkoper wel met erg veel overtuiging stond te schreeuwen. En ik vroeg me af of jaloezie niet ten grondslag lag aan deze minachting.

Ik keek op en stelde me voor dat ik een bos voor me zag in plaats van deze menigte kortzichtige, laffe mensen. Ik dacht aan de stormen in de bergen, hoe de bliksem krakend insloeg in de hoogste bomen, hoe de wilde bloemen hun laatste zoete geuren prijsgaven aan de wind. Na het kabaal werd alles weer rustig. Terwijl ik daar geknield zat, vernederd, probeerde ik te vertrouwen op de wereld achter deze onbeduidende zaal mensen.

Ik werd ervan beschuldigd dat ik een spion was voor de Kwo-min-tang, dat ik voor de Franse inlichtingendienst werkte, dat ik me decadent had gedragen met de vijand (ik vroeg me af wat ze van Dauphine wisten). Ik werd ervan beschuldigd dat ik een vriend van de vijand was. Ik moest een kap dragen waarop 'koeienduivel en slangengeest' gekrabbeld was en ik moest citaten opzeggen uit het rode boekje van Mao. Li Po heeft geschreven over zulke mannen die een slachtpartij beschouwen als hun persoonlijke versie van hard werken.

'Ik heb niets verkeerd gedaan,' herhaalde ik, weggedoken in mijn vuile kleren. Die vijf woorden vormden mijn eigen gevangenismuur.

Toen de beschuldigingen tegen mij steeds vreemder werden, kwam mijn beste studente, Lao Mei-ping, mij te hulp. Zij was een tenger meisje met veel zelfvertrouwen en met veel talent voor de exacte wetenschap. Ze zei een aantal dingen ter verdediging van mij. Voor haar moed werd ze naar een werkkamp in Mantsjoerije gestuurd. Niemand weet wat er van haar is geworden.

Ik werd ontslagen als lerares en moest in een fabriek gaan werken. Daar moest ik blikken vullen met de rode verf die werd gebruikt voor de posters met de aanklachten. Nadat mijn huis ondersteboven was gekeerd, mijn boeken waren verbrand en mijn foto's in beslag genomen (die werden later gebruikt als 'bewijs' van mijn buitenlandse relaties), moest ik mijn tweekamerflat voortaan delen met een heel gezin.

De macht grijpen. Elke domme, gefrustreerde inwoner van China heeft zich die woorden ter harte genomen. *Als de aarde beeft, komen uit elke aardspleet slangen gekropen.*

Eindelijk weet ik meer over mijn zoon. Ik heb over hem gelezen in het partijblad dat verspreid wordt onder de gevangenen. Lu Chih-mo is een bekend man omdat hij aan het hoofd staat van een belangrijke provincie in het zuiden. Een reputatie waarvoor hij ongetwijfeld over lijken is gegaan. Wat heeft het voor zin gehad, denk ik nu, dat ik zoveel kinderen heb onderwezen, terwijl mijn eigen zoon een barbaar blijkt te zijn?

Ik lees elk artikel over Lu Chih-mo en probeer te ontdekken of hij nog steeds een deel van me kan zijn. Ik bekijk foto's van hem en ik vind de lijn van zijn mond heel verontrustend. Toen hij een baby was, trilde zijn onderlipje als hij aan mijn borst in slaap viel. En als hij huilde, werden zijn wangetjes gloeiend rood.

Er wordt gezegd dat Lu Chih-mo een vertrouweling is van de vrouw van Mao. Jaren geleden stond zij in Shanghai bekend als een derderangsactrice met een niet bepaald deugdzame reputatie. Ik heb haar ooit ontmoet op een feest op de Franse ambassade. Ze was heel uitdagend gekleed en ze liep aan de arm van een ambitieuze lage officier. Nu kan ze met één penseelstreek het leven van mensen veranderen en kan ze uitgummen wie ze maar wil.

De suikeroogst van La Amada

Ik weet dat als Mao mijn zoon naar een klif aan zee zou brengen en hem zou opdragen te springen, hij zo stom zou zijn om dat te doen. Duizenden hebben zichzelf al gedood. Ze zijn van gebouwen gesprongen of hebben zich verhangen toen het Rode Leger naderde. In plaats van honderd bloeiende bloemen zijn er tienduizend bebloede lijken, tienduizend lege ogen.

Lu Chih-mo voert campagne tegen de sierbloemen in het land, die hij een uiting vindt van burgerlijkheid. Ik heb gehoord dat er niets meer over is van de botanische tuinen van Shanghai.

Ik heb erover gedacht de naam van mijn zoon te gebruiken om uit de gevangenis te komen. Maar wat zou er van hem worden als bekend werd dat zijn moeder een verrader van het volk is? Of zou hij me laten doodschieten om zijn trouw aan de revolutie te bewijzen?

In mijn cel is mijn lichaam veel vertrouwder voor me dan het ooit is geweest. Vroeger leidde mijn lichaam een afzonderlijk bestaan, alsof het los van me stond, als een stoffige jurk in een kast. Nu veroorzaakt elk ongemak herkenning en sympathie.

Ik vind het leuk om te doen alsof Dauphine weer een van haar Cubaanse bolero's met me danst. Ik ruik de gardenia die ze achter mijn oor heeft gestoken en ik voel haar adem in mijn hals. Ik zing de tekst terwijl zij lacht om mijn rare uitspraak:

Cristina García

Fuí la ilusión de tu vida
Un día lejano ya
Hoy represento el pasado
No me puedo conformar

Mijn vader zal nu wel dood zijn. Op de laatste foto die hij ons stuurde, draagt hij een roomkleurig overhemd en zit er een papegaai op zijn schouder. Vader schreef dat die vogel Jade Peach heette en zesentwintig Cubaanse liedjes kon fluiten. Dat is trouwens ook een van de redenen dat ik in de gevangenis zit. Omdat mijn vader een buitenlander was.

Ik heb gehoord dat in Cuba nu alles anders is dan in zijn tijd en dat ze daar ook experimenteren met een soortgelijke waanzin. Hoe anders moet je het noemen als miljoenen zich onderwerpen aan de wil van een paar gekken?

Luister naar mij. Ik ben oud en heel zwak, maar ik wil weer in de wereld leven.

Ik heb een plan gemaakt. Als ik het overleef, ga ik op zoek naar mijn familie in Cuba. Er is een straat die Zanja heet in het oostelijk deel van Havana. Daar wonen de Chinezen. Daar moet iemand toch weleens gehoord hebben van mijn vader, Lorenzo Chen, de kruidendokter? En ik moet Spaans leren! Wie zegt dat mijn familie in Cuba Chinees verstaat?

Als ik daar ben, wil ik een balkon dat uitkijkt op zee. Daar kan ik naar de vleermuizen kijken die in de schemering door de stad vliegen (mijn vader schreef daarover in een van zijn brieven). Ik ga een Cubaanse sigaar roken (die zijn zelfs in China bekend), misschien twee sigaren. Dan zal het gaan regenen, wordt de stad natgesproeid en het zeewater aangevuld. Pas dan zal ik naar binnen gaan en zal ik een brief schrijven aan mijn zoon in Shanghai.

Onsterfelijkheid

HAVANA
(1917)

Wanneer het regende, tikten de druppels op de brede ba-
nanenbladeren. Chen Pan vond het wreed dat hij zo lang
bleef leven, geplaagd door een verzwakt lichaam en een
eersteklas geheugen. Hij had altijd gedacht dat geheugen-
verlies de vijand was, maar dat leek hem nu het hoogste
goed. Arturo Fu Fon, die net als Chen Pan oud geworden
was en niet meer knipte, zei vaak: 'Chen Pan, zoek je on-
sterfelijkheid in de drank!' Dan hief Arturo zijn glas en zei:
'Laten we de zorgen van honderd eeuwen wegdrinken!'

En dus dronk Chen Pan. Rode wijn. Een zoete Cubaanse
riojo. Spaanse wijn raakte hij niet aan. Niet na wat de Spanjaarden Cuba hadden aangedaan.

Het was de derde vrijdag in augustus en het was erg heet.
Chen Pan zat voor zijn antiekwinkel in een hemd met
wijde mouwen en een kniebroek. Zijn gladde, witte haar
droeg hij in een lange vlecht op zijn rug. De zon had de och-
tendmist opgedroogd en de palmbladeren zagen er in de
hitte roestig uit. Een *negro*, broodmager en gekleed in vodden, veegde de stoep met een bezem van dunne twijgen.

Chen Pan was die ochtend weer wakker geworden met

vreselijke diarree. Lorenzo hield vol dat hij leed aan een zwakke *ch'i* van de milt, dat er te veel vocht in hem zat. Daarom deed zijn tandvlees zeer, was zijn buik opgezwollen en waren zijn benen bedekt met spataderen. Chen Pan duwde zijn nieuwe bril hoger op zijn neus. Die bril had Lorenzo hem ook al aangesmeerd. Lastig ding, maar hij zag er wel scherper mee.

De gevel van De Geluksvondst was pas wit geschilderd en de naam van de winkel was met rode letters in het Spaans en het Chinees op de gevel geschreven. Maar Chen Pan hield zichzelf niet voor de gek. Hij wist dat hij in Chinatown niet meer zo belangrijk was. Jongere, sterkere mannen hadden zijn plaats ingenomen en hadden weten te bereiken wat ondenkbaar geweest was toen hij zestig jaar geleden in Cuba aankwam. Nu waren hotels en restaurants in verschillende steden in handen van Chinezen: ze hadden wasserijen en bakkerijketens van de ene kant van het eiland tot de andere. Vorig jaar hadden drie *chinos* een suikerfabriek gekocht in Matanzas; de productie was meteen verdubbeld. Dat die suikerfabriek nu in Chinese handen was, vond Chen Pan nog wel het allergrootste succes.

De andere middenstanders in de Calle Zanja waren te druk om hem nog te komen bezoeken. Ze haastten zich van hot naar her, altijd druk, altijd op jacht naar rijkdommen en naar status, net zoals Chen Pan toen hij nog jonger was. Dit inzicht was te laat gekomen: dat de dagen zo snel voorbijflitsten en verdwenen. De zon blikkerde op Chen Pans zakmes, een cadeau van zijn kleinzoon Meng. Het had drie messen en een kleine kurkentrekker, een schaartje, een nagelvijl en een vreemd attribuut dat bedoeld was om je oren schoon te maken.

Chen Pan was ervan overtuigd dat de lucht in Havana ijler werd. Hoe kon het anders dat hij alleen nog flarden geluid hoorde, alsof de lucht elke trilling dempte? Soms hoorde hij zijn eigen stem niet eens als hij de gedichten van zijn vader voordroeg. *Leg de zon aan een lang touw zodat de jeugd nooit voorbijgaat.* Chen Pan vond het gek dat hij zich die zin nog wel kon herinneren maar dat hij het gezicht van zijn vader was vergeten, of hoe zijn handen eruitzagen als hij een boek vasthield.

Wie zou zich *hem* nog herinneren over vijftig jaar? Wat had het voor zin om het leven te doorstaan, om het op te tillen als een gigantische klok maar het dan weer ter aarde te zien storten? Alles waar je je druk om maakte, alles wat vandaag belangrijk leek, zou morgen alweer zijn verdwenen. Kwam er dan geen einde aan die zinloosheid?

In de kapperszaak vonden de jonge winkeliers het leuk om zich voor te stellen hoe de wereld er honderd jaar na hun dood uit zou zien. Dan hadden ze het erover dat de mensen in enorme ballonnen naar de maan zouden vliegen, dat ze zich konden voortplanten zonder vrouwen (hoewel iedereen daar bezwaar tegen maakte!), dat ze vitaminen zouden eten in plaats van rijst. Chen Pan luisterde er geamuseerd naar. Hoe konden ze zich op hun leeftijd nu de dood voorstellen? Ze zagen zichzelf als *ch'ien-li-ma*, duizendmijlspaarden, die voor eeuwig konden rennen zonder uit te rusten.

De omstandigheden in het leven veranderen, zei Chen

Pan tegen hen, maar de kern blijft hetzelfde: lange perio-
den vol ellende afgewisseld door momenten van geluk en
doodsangst.

'Verbitterde oude man,' zeiden de jongeren dan. 'Je
hoort in China thuis!'

Arturo Fu Fon, die zijn leven lang vrijgezel was gebleven
en voorzover bekend geen kinderen had verwekt, zei dat de
sleutel tot een goed leven eruit bestond om niet méér te
verlangen dan je aankon. Alleen dat, hield hij vol, was een
garantie voor tevredenheid. Chen Pan had nooit meer een
beter voorschrift gehoord dan dat.

Negen jaar geleden was Arturo Fu Fon teruggegaan naar
China. Hij had daar erg veel geld uitgegeven en had maanden gereisd, maar toen hij in zijn dorp was aangekomen,
heerste daar net dysenterie, waar al zijn familieleden aan
waren gestorven. Arturo Fu Fon had kaarsen en wierook
gekocht voor de doden en was met het eerstvolgende schip
teruggekeerd naar Cuba.

In de loop der jaren waren er ook andere vrienden van
Chen Pan teruggegaan naar China. Ze hadden de boot
genomen naar New Orleans; daar namen ze dan de trein
en reden ze door kilometerslange stoffige vlakten naar de
westkust van Amerika, waar ze aan boord gingen van een
boot die hen over de Stille Oceaan bracht. Het was een dure
reis, maar Chen Pan had het best kunnen betalen. Lorenzo
had beloofd om met hem mee te gaan als hij zou besluiten
om het te doen. Maar waar moest hij heen? Wie moest hij
bezoeken? Waarom zou hij zo'n eind reizen, alleen maar
om een stuk grond te bekijken dat hem niets meer zei?

Afgezien van Arturo Fu Fon hadden alle mannen die waren teruggegaan naar hun dorp lopen opscheppen dat ze drie of vier vrouwen en minstens twintig kinderen hadden. *Hoe meer koeien, hoe rijker de man!* Chen Pan wist dat ze hem belachelijk vonden omdat hij nog steeds verliefd was op zijn overleden vrouw. 'Je kunt jezelf niet verwarmen aan een hoopje stof,' zeiden ze vermanend. Iedereen had verwacht dat Chen Pan meer vrouwen zou nemen, meer kinderen zou verwekken. Het getuigde van kracht als een man een jonge vrouw kon bevredigen, steeds meer zonen kon verwekken. Het was een schande om alleen oud te worden.

Zelfs nu nog vergeleken zijn vrienden hem plagerig met de weduwen van China die louter door de kracht van hun deugdzaamheid wonderen konden verrichten. (Ze vertelden over de weduwe uit G. die haar beide oren had afgesneden om haar eer te redden en als beloning naar de hemel mocht. En haar oren groeiden tijdens de volgende regenbui gewoon weer aan!) Wilde Chen Pan, lachten ze, soms wonderen verrichten in Havana met zijn recordcelibaat?

Maar Chen Pan vond dat zij juist de sukkels waren. Dachten ze soms dat hun jonge vrouwen niet merkten dat hun haar dunner werd en hun gezicht verdroogde? Probeerden ze de dood soms af te schrikken met al die drukte en al dat lawaai? Hij vermoedde dat ze stuk voor stuk meer dan genoeg hadden van hun vrouwen, hun huizen en hun kinderen en dat ze het liefst met rust gelaten wilden worden. Dus waarom wilden ze dan zo graag dat hij hun lot deelde?

Uit zijn zak haalde Chen Pan de ceintuur te voorschijn van de hemelsblauwe kamerjas die van zijn vrouw was geweest. De stof was helemaal versleten en kapot, maar die ceintuur had hij altijd bij zich. Tien jaar lang had de kamerjas nog naar Lucrecia geroken – een mengeling van pepermunt en zeezout – maar nu zat er de muffe geur in van oude tranen. Zijn liefde voor Lucrecia was elk jaar gegroeid. Chen Pan stond daar versteld van. Wie had ook alweer gezegd: *Als er maar één mens is op aarde die mij kent, dan heb ik al geen spijt.* Dus waarom voelde hij dan toch zo'n spijt?

Chen Pan stelde zich voor dat hij in een klein, blauw bootje stapte en voorbij de horizon voer, voorbij de langzaam opkomende zon naar de plek waar Lucrecia's geest rustte. Vorig jaar maart had hij een revolver gekocht, die hij elke dag poetste. Hij kon steeds niet beslissen of hij verder wilde leven of zichzelf maar dood zou schieten. Soms draaide hij rondjes met de revolver op het nachtkastje of op de toonbank in zijn winkel; dan wachtte hij tot het ding was uitgedraaid en stil bleef liggen met de loop op hem gericht. Dat gebeurde nooit.

En wat was het eigenlijk precies, doodgaan? Stel dat er helemaal niets van waar bleek te zijn, van wat hij altijd had gedacht? Er was tenslotte nooit iemand teruggekomen uit de dood om erover te vertellen.

Chen Pan verbaasde zich er vaak over dat mensen zo optimistisch waren als ze met de dood te maken kregen. De vastberadenheid waarmee ze overal papiergeld op plakten. Dat ze hun geliefden in drie kisten begroeven, de ene kist in de andere. Of stukjes in kwik gedoopte jade in hun lichaamsopeningen stopten om het verval tegen te gaan. Stel dat de dood alleen maar de *ka-pling* was van een kapot stuk touw? Steeds als Chen Pan hierover nadacht, leek het alsof elke haar op zijn hoofd in brand stond.

Een tijdje geleden hadden de jonge winkeliers aan de Calle Zanja hem overgehaald om zich te laten portretteren. Ze wilden een schilderij hebben van iedere oude Chinees, voor in hun nieuwe verenigingsgebouw. Chen Pan vond het heel vervelend om zo lang stil te moeten zitten. Waarom wilden ze hem nu nog vereeuwigen, met al die rimpels en dat gezicht dat leek op een stuk uitgekauwd suikerriet? Waarom zouden ze zijn oude botten op een stuk zijde willen hebben? 'Bewaar die verf toch voor de jonge schoonheden van Chinatown!' had hij afkeurend gezegd.

Elke dag hoorde Chen Pan wel weer over iemand die was overleden, of iemand die niet meer kon zien of praten. Al zijn naaste vrienden, behalve Arturo Fu Fon, waren vertrokken naar het land van de geesten. Een paar hadden heel lang moeten lijden: tumoren zo groot als kokosnoten in hun maag of benen die moesten worden geamputeerd omdat er te veel suiker in het bloed zat. Vorige maand was Fausto Wong op drieënnegentigjarige leeftijd overleden nadat hij in één keer zesenvijftig dumplings had opgegeten.

Chen Pan werd alleen weer vrolijk als zijn jongste kleinzoon hem opzocht. De kleine Pipo was al vijf jaar en leek sprekend op zijn vader. Hij had schoentjes in twee kleuren bruin, met knoopjes aan de zijkant, en shirts in een lichte kleur geel. Chen Pan kon steeds slechter horen, maar het geanimeerde, expressieve gezichtje van zijn kleinzoon maakte veel goed.

Chen Pan vond het leuk om Pipo verhalen te vertellen over Lu Yang, de strijder die de nacht van de dag scheidde door met zijn speer naar de zon te zwaaien. Of over de onverbeterlijke apenkoning, die perziken stal uit de heilige tuin van de goden en daar zijn buik vol mee at. 'Het allerbelangrijkste in het leven is om elke dag goed te leven,' zei Chen Pan tegen zijn kleinzoon, die ademloos naar hem opkeek. 'Aan het eind heb je dan een bepaald patroon. Dat patroon zegt meer dan alles wat je je kunt herinneren.'

Meestal ging Chen Pan met Pipo buiten in de schommelstoel zitten om een dutje te doen. Wat heerlijk was het om het mollige wangetje van zijn kleinzoon tegen zijn borst te voelen.

Aan het eind van de ochtend probeerden de straatventers luidruchtig hun koopwaar aan de man te brengen. Chen Pan keek naar een manke *guajiro* die een levend speenvarken op zijn rug droeg. Een boer ging met een kudde geiten langs de deuren en molk ze ter plekke voor zijn klanten. Hoe lang zou hun wereld nog blijven bestaan, vroeg Chen Pan zich af.

Vlak voor het middaguur kwam Lorenzo langs in zijn gele doktersjas. De papegaai zat op zijn schouder. Iedereen in Havana kende Lorenzo en ook in andere steden was hij heel bekend. Het kwam door hem dat de Cubanen zeiden: '*No le salva ni el médico chino.*' Zelfs de Chinese dokter kan hem niet redden. Drie jaar geleden had Chen Pan zijn enkel gebroken toen hij een zakkenroller achternazat. Zijn zoon had de enkel ingepakt met *bai yao* en er daarna heel vakkundig een stuk verband omheen gewikkeld. Binnen de kortste keren kon Chen Pan er weer alles mee.

In mei had Chen Pan met Lorenzo en Pipo een uitstapje gemaakt naar Sagua la Grande. Lorenzo stond bekend om een middeltje waarmee de maagdelijkheid van een vrouw kon worden hersteld, iets waarvoor zijn hulp erg vaak werd ingeroepen. Lorenzo maakte het poeder van een kruid dat hij in het Zapatamoeras plukte. Het zat in flesjes met een etiket waarop de misleidende tekst 'VITAMINE X' stond. Zijn patiëntes moesten een week voor de huwelijksnacht elke dag een theelepeltje van het poeder onder hun tong doen. Als ze dat deden, zaten de lakens de ochtend na de huwelijksnacht vol bloedvlekken. Lorenzo vertelde dat de meisjes uit hogere kringen die van het rechte pad waren geraakt er kapitalen voor overhadden om hun familie een vreselijke schande te besparen.

Chen Pan was met de kleine Pipo naar de Calle Tacón in het Chinatown van Sagua la Grande gegaan, waar allerlei winkeltjes en kraampjes waren waar je wierook, poppen, vuurwerk en allerlei andere spullen kon kopen. Hij kocht een zak honingpinda's, die hij samen met Pipo opat terwijl ze naar de Kantonese magiërs op straat keken. Hij hoorde wat een *criollo* zei over hypnotiserende Aziaten: *Het hoort bij hun geloof, het is nog veel gevaarlijker dan die voodoo van de Haïtianen. Als je ze recht in de ogen kijkt, ben je ten dode opgeschreven.*

Chen Pan wist dat veel patiënten ook naar zijn zoon gingen met klachten over hun verminderde potentie. Lorenzo beklaagde zich erover dat die mannen urenlang een stijve wilden hebben en als een saluerende soldaat in de houding wilden staan. Hij had geen keus en moest wel op zoek naar de noodzakelijke ingrediënten. De karkassen van wilde ezels. Gedroogde penissen van zeehonden en zeeleeuwen (die hij fijnmaalde en in zijn potentiepoeders deed). Het puntje van de staart van de roodgespikkelde aap. Dat alles vulde Lorenzo aan met een elixer dat hij maakte van de *yagruma*-boom, dat de bloedcirculatie verbeterde.

'Laat me je buik eens zien,' zei Lorenzo terwijl hij zich vooroverboog.

Chen Pan tilde zijn shirt op en onderwierp zich aan het vluchtige onderzoek van zijn zoon. Hij vroeg zich af of hij nog steeds een vrouw zou kunnen beminnen zoals hij Lucrecia had bemind: zó goed dat ze dag en nacht van hem had gehouden.

'De geschiedenis is net als het menselijk lichaam,' zei Lorenzo terwijl hij op Chen Pans buik klopte. 'Heel warm of heel koud, of wegrottend door stagnatie.' Hij vertelde over een wortel die een lang leven bevorderde. *Heshouwu* heette die en je kon er wel honderddertig mee worden.

'Als je *dat* maar niet in mijn thee doet!' brieste Chen Pan. Hij was tachtig jaar. Het was zijn grootste angst om zo lang te blijven leven dat hij in een standbeeld veranderde. Hoe moest hij er nu op vertrouwen dat zijn zoon niet een of ander brouwsel aan hem zou geven om zijn leven te verlengen?

'Maak je geen zorgen, Papi,' zei Lorenzo lachend. 'Jij

bent wel de laatste die zoiets nodig heeft! Ik dacht er eigenlijk over om het zelf in te nemen!'

Om één uur kwam Chen Pans schoondochter De Geluksvondst binnen met een kom maïssoep en een schaal gestoomde vis en groenten voor de lunch. Chen Pan noemde haar altijd *bing xin*, puur hart, en hij was erg blij met haar bezoekjes. Alles rond haar rook en smaakte naar China. Volgende maand zou Jinying maankoekjes bakken voor het herfstfeest en stukjes vlees offeren aan de voorouders om hun gunsten te vragen voor de komende winter. Chen Pan herinnerde zich nog goed dat Lucrecia die maankoekjes bakte. Ze had enorm haar best gedaan om zijn verlangen naar alles wat Chinees was te bevredigen, tot ze langzaamaan zelf Chinees was geworden.

Chen Pan ging terug naar de winkel om de Chinese krant te lezen. In de loop der jaren had hij al het nieuws gevolgd over de Bokseropstand en de langdurige ondergang van de Mantsjoe. Eerst was Soen Yat-sen president geweest, daarna was hij vervangen door Yüan Shih-kai. Nu was China weer in handen van allerlei krijgsheren. Er heersten chaos en geweld, net als toen hij nog een kleine jongen was.

Na zoveel jaren in Cuba was Chen Pan het Chinees bijna verleerd. Hij vermengde het met allerlei woorden van hier en van daar, tot hij iets sprak wat helemaal geen echte taal meer was. Er waren maar een paar mensen in Havana met wie hij goed kon praten. Heel lang geleden woonde hij in China, kende hij de taal en alle gebruiken. Wat waren die op deze andere plek op aarde eigenlijk nutteloos geweest!

Het was voor hem gemakkelijker om te proberen een echte Cubaan te zijn dan om weer Chinees te worden.

Vandaag concentreerde hij zich op het buitenlandse nieuws. Er was een revolutie gaande in Rusland en er was oorlog tussen Duitsland en het grootste deel van de rest van de wereld. China had troepen gestuurd naar het west-front om loopgraven aan te leggen, lichamen te bergen en het werk te doen dat verder niemand wilde opknappen. In Cuba schoot de prijs van suiker door de oorlog omhoog. In ellendige tijden was er altijd wel ergens winst mee te maken. Chen Pan wist dat als geen ander. Zijn winkel floreerde vooral in moeilijke tijden.

Het was nog niet zo lang geleden dat president Menocal een wet had aangenomen die het mogelijk maakte om tijdens de oorlog en twee jaar daarna meer Chinese immigranten toe te laten in Cuba. En opnieuw voeren er boten vol Chinezen de haven van Havana binnen om te gaan werken op de suikerplantages. Lorenzo stuurde Meng elke ochtend naar de haven om daar briefjes uit te delen waarop zijn praktijk als kruidendokter werd aanbevolen.

Chen Pan wist dat het een kwestie van tijd was voordat de Chinezen niet meer welkom waren in Cuba. Als het slechter ging, moesten zij het altijd als eersten bezuren. Chen Pan kon daar woedend om worden, want duizenden *chinos* hadden keihard gevochten voor de onafhankelijkheid van het land. Tijdens de Tienjarige Oorlog hadden zij met hun kapmessen gevochten onder Calixto García, Napoleón Arango en alle andere grote leiders.

Ze waren ook veel trouwer geweest dan de *criollos,* die na

de eerste overwinningen het veld ruimden zodra er slachtoffers gingen vallen. De *chinos* hadden overal in de ooste-
lijke provincies gevochten: in Las Villas, Quemado de Güi-
nes, Sierra Morena, San Juan de los Remedios, Camajuaní.
Als ze gevangengenomen werden, deden ze alsof ze geen
Spaans spraken, en niet één had de Cubanen verraden of
was hun ontrouw geweest.

Toen Chen Pan in 1868 zijn kapmessen naar commandant Sian had gebracht, was het slagveld bezaaid met afge-
hakte ledematen en hoofden en lagen de gewonde paarden
van de Spanjaarden te creperen op de grond. Chen Pan had
geholpen om de wapens en andere spullen van de gesneu-
velden in te zamelen: zwaarden, musketten, laarzen en veel
trompetten. In de lucht cirkelden de gieren, die geduldig
hun beurt op het slagveld afwachtten.

Al snel waren er mensen uit de dorpen gekomen om samen met de rebellen feest te vieren en op de gestolen
Spaanse hoorns te blazen. Ze hadden een varken gebraden
en de lokale *aguardiente* gedronken, die brandde in hun
keel. Een voormalige slaaf had hen vermaakt met zijn imi-
taties van de rebellen. Hij had een mop verteld over een
Chinese *ayudante* die de soldaten na elke slag gebraden kip
serveerde.

'Hoe kom je hier toch aan al die kippen?' had een van de
soldaten gevraagd.

'*¿Tú quiele pollo?*' had de Chinees gevraagd. '*Mata ca-
pitán pañol.*' ('Wil je kip? Dood een Spaanse kapitein.')

Die nacht werd Chen Pan zo dronken als hij zijn hele leven nog niet was geweest. Toen hij buiten westen raakte,

stonden er zoveel sterren aan de hemel dat hij probeerde op te staan om er een paar te pakken.

Chen Pan keek naar een palmboom die roodbruin ge- kleurd werd door de ondergaande zon. Tussen de bouw- vallige huizen wapperde de was. Een glanzend pekineesje liep snuffelend door de straat met een grote, clowneske kraag om z'n hals. Er vloog een libel langs, zwevend door een nevelige wereld. Iets voor de eerste keer zien, dacht Chen Pan, was beter dan het al te kennen.

Op dit uur zag hij zijn fouten het helderst; de dagen die hij had verknoeid met loze bezigheden. Was Lucrecia maar langer blijven leven. Zonder vrouw werd de man geregeerd door *yang*. Het leven werd een paard zonder teugels. Kracht moest in evenwicht worden gebracht met zwakte. Hoe anders moest je stabiliteit bereiken?

Om zijn spijt te verdringen ging Chen Pan met Arturo Fu Fon naar de hanengevechten. Ze gingen het liefst naar de wedstrijden vlak bij de veerpont van Regla. Iedereen – zwarten, *chinos* en *criollos* – kwam daar bijeen voor de bes- te gevechten van de stad. '¡Mata! ¡Mata!' schreeuwden ze tot de arena trilde van het kabaal. Na de gevechten spuug- den de eigenaren rum op de koppen van de hanen en blie- zen ze aluin in hun ogen om het bloeden tegen te gaan.

Chen Pan zou elke dag wel naar de hanengevechten wil- len maar dat was niet zo gemakkelijk te regelen. De laatste tijd viel Arturo Fu Fon soms zomaar in slaap, soms zelfs terwijl hij iets aan het vertellen was. Het ene moment was hij aan het praten of lachte hij met zijn tandeloze mond, en het volgende moment zat hij luid te snurken. Wat Chen Pan helemaal niet begreep was dat Arturo Fu Fon zo nu en dan zijn gezicht bedekte met zijn handen, alsof hij een vrouw was, alsof hij zich schaamde.

Chen Pan beklom de trap naar zijn kamers boven De Geluksvondst en schonk zichzelf een beker wijn in. Hij keek naar buiten, naar de schemering boven Havana, en hij vroeg zich af of er ooit nog iets nieuws zou gebeuren. Het leek wel alsof de stad samenspande om hem te vervelen met al die eindeloze herhalingen. Het kanonschot van negen uur. De kerkklokken die elk kwartier werden geluid. De wachters die mechanisch de tijd omriepen en vertelden wat voor weer het was.

Terwijl de vleermuizen over de daken scheerden, dacht Chen Pan aan de kraanvogels die een nest hadden op het huis van zijn oudtante, aan de lentebieslook die ze 's nachts als het regende oogstte, aan de rivierlotussen die hun bloemblaadjes afwierpen om ruimte te maken voor nieuwe bloesem. Hoe kon hij verklaren dat hij plotseling zo naar huis verlangde? Dat zijn hart als een nerveus vogeltje in zijn borst tekeerging?

Chen Pan wist inmiddels precies hoe lang het donker bleef. Soms waste hij zijn gezicht tijdens de kleine uurtjes van de ochtend tot zijn huid doorschijnend werd. Soms waste hij zich helemaal niet. Vanavond leek de maan in te krimpen, weg te kwijnen als een vastende monnik. In China werd gezegd dat er op de maan een konijn onder een kaneelboom woonde en daar een onsterfelijkheidszalfje fijnstampte.

De lucht in zijn kamer was veel te warm en benauwd. Chen Pan deed het raam open. Er vloog een uil langs, die de laatste stukjes dag wegstal. De oude blauweregen trilde een beetje. Kon hij maar wegvliegen met die uil, over de daken zweven, slapen met een wolk als kussen.

Chen Pan schonk zichzelf nog wat *riojo* in. Hij dacht aan de tijd dat hij als voortvluchtige in het oerwoud had gezeten, aan die lange maanden waarin hij werd achtervolgd door het gespot van zijn moeder, die hem naar haar eeuwige leegte riep. Wie kon zich nu nog zo lang verstopt houden in Cuba? Wie kon driehonderd dagen ondergedoken blijven, verstopt voor mens en geest, levend van alleen herinneringen en zijn vijf zintuigen?

Alle bomen op het eiland waren omgehakt, het land was vlak gemaakt en in stukken verdeeld om nog meer suikerriet te kunnen verbouwen. Vergeten waren de dennenbomen, dacht Chen Pan klagend, vergeten waren de mahoniebomen, de ceders, de indigo's (waar hij de beste en de scherpste messen van sleep). Vergeten de trogons die hikten onder het bladerdak. Vergeten. Alles was vergeten. Dat eiland dat hij ooit kende, bestond nu niet meer. Als hij alles opnieuw zou kunnen doen, zou hij dan weer aan boord gaan van een schip naar Cuba?

Chen Pan schonk zichzelf meer wijn in. Nog een paar bekers en dan zou hij slaperig worden. Misschien zou hij weer over die sneeuwwitte kraanvogels dromen, die rondjes vlogen door de lucht. Of over het witte papier op zijn voordeur dat aanduidde dat hij al was gestorven. Over de rouwkleden die wapperden in de lucht. Of het geweeklaag van zijn buren. In zijn droom schreeuwde hij, met gefixeerde vissenogen: *Ik wil nog wat langer leven, vrienden!*

Hij zag zijn resterende dagen als vele herfstbladeren. Het verleden, het heden: waar moest dit leven eindigen? Alles was verdwenen in de bries. Ja, de mens leefde minder dan honderd jaar, maar hij had zorgen voor wel duizend. Chen Pan nam een lange teug van de *riojo*. Het leek alsof hij zijn hele leven op deze beker had gewacht. Nog even, dacht hij, dan zouden de hanen weer een nieuwe dag openscheuren met hun oorlogszuchtige geschreeuw. Maar zijn vriend had niet gelogen. Toen Chen Pan zijn rode wijn dronk, glimlachte hij en werd onsterfelijk.

Dankwoord

Ik ben eindeloos veel dank verschuldigd aan mijn vrienden en edelmoedige lezers: Scott Brown, Wendy Calloway, Mona Simpson, José Garriga, Eric Wilson en George de Lama. Mijn speciale dank aan Philip Caputo, Hanh Hoang, Evelyn HuDeHart en Kenyon Chan voor hun uitstekende suggesties, en aan Leonard Comess voor zijn milde wijsheid. En tot slot *mil besitos* aan mijn dochter, Pilar, voor haar humor en lieve geduld, en aan mijn petekinderen, Caridad en Grace.

Inhoud